COSMIC
GARDEN

VISION INFINITY

The Portal to Cosmic Consciousness

別鬧了地球人

wake up, humans!

一本說真話的書
說真話需要勇氣，但面對假象更需要勇氣

作者／園丁

我們都是為愛而來，

為了一個更好的世界，

而實踐，是我知道的唯一方式。

序

每個人都有他相信的真理。這本書寫的，就是我所相信的，也是我的信念。

正確地說，除了信念外，還有這兩三年對台灣身心靈圈荒謬現象的質疑與感慨。也因此，書中部份內容曾在網站的園丁筆記裡提過，而本書的一些主題對於曾閱讀過宇宙花園書籍的讀者來說，可能比較不那麼陌生。

對於我的信念和質疑，我歡迎也鼓勵大家聽聽自己心裡的聲音，看看有多少是跟你內在所知道的真理相呼應。

是的，每個人心裡都有那個聲音，那就是你的高我，也就是你的神／佛性。

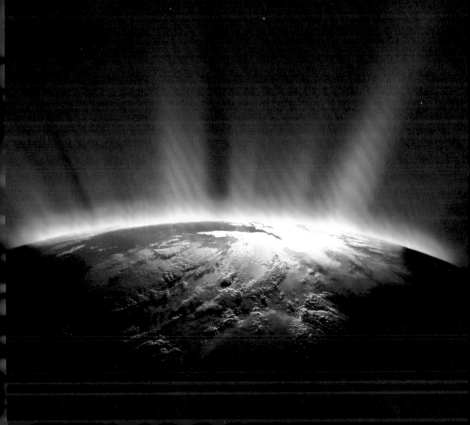

有沒有想過，
你，為什麼會在這裡？
銀河系裡這個藍色的小星球？

這個光與黑暗，美麗與醜陋，
善良與邪惡相互對照的二元世界？

這一切，都要從那個小小的念頭說起。

因為一個起心動念，想要認識、體驗和分享的意識化作了無以數計的光，你於是開始了這趟無盡的探索旅程。

由於我們是從無限偉大的光意識所迸發四散而來，我們自然都帶有祂的力量。透過與偉大意識的共同創造，宇宙誕生，各銀河星系形成。就像魔法一樣，各式各樣的想法，一切古怪的、荒誕的、不可思議的、迷人的奇思幻想，都在瞬間成真，大家玩得不亦樂乎，開始渴求更大膽刺激的冒險和實驗。

有些靈魂來到了物質屬性的地球，一個極不同於光的世界的行星，這裡的造物不但色彩豐富奪目，還有有趣的真實觸感，這個感官世界看起來跟其它行星那麼不同，這裡的「時間」也跟別處不一樣，別的世界甚至沒有時間的存在。在這裡，一切都像是緩慢了下來，心裡想的不再在同時成形，因為時間的設計目的之一原是為了要體驗「歷程」。

這裡像個遊樂園，一個不同於純能量/精神的物質感官世界。只是在遊玩和創造的同時，來到這裡的靈魂漸漸忘了自己只是到此一遊的過客，越來越沉迷在五感的樂趣，並執著於情緒和感官的體驗。於是心靈開始變得沉重，振動頻率變得緩慢。

你們想飛，卻漸漸失去了飛翔的能力；你們想離開，回到記憶裡那無法言喻，充滿喜悅、平靜與愛的懷抱。你們想回家，但認不出家的方向；你們以為遺失了回家的地圖，卻只是不記得存放在哪裡。

於是，幾乎每個在這裡的人都在尋找一條回家的路。

看到你們的迷失，聽到你們因飽受折磨而發出的呼喚，那一同從偉大意識迸發的光，紛紛以愛回應，並透過不同方式與身份告訴你們幻象後的真相，希望能協助你們回到源頭。

回家的路途看似無盡頭的遙遠，但這其實是假象。困陷在這裡的許多人都以為那個家有億萬光年之遙，事實上，它近到不可思議──通往家的入口，一直在每個人的心裡。

而從一個更高的觀點來看，我們都不曾離開造物者，那偉大意識的懷抱；不論我們的肉體或存在的形式是在哪個次元或哪個星球體驗著，我們都依然被祂的愛所籠罩。

是的，從源頭來看，這一切分離只是幻象。我們從不曾遠離，我們只是在祂的懷裡作夢，只不過，透過身體形態在地球體驗的我們，作的常是惡夢就是了。而所謂斷輪迴，其實也就是從惡夢中醒來。

是的，**醒來**，這就是你們要做的——從夢中醒來。知道自己在夢中，並從夢中醒來。

從夢中醒來，認識自己真正的身份，認識自己的無限與偉大，不再活在 ego 的把戲裡，不再受制於虛妄小我，不再被物質名利驅動，重新發現你的神性並運用內在力量，一步步提升振頻，然後，回到光裡，不再困陷在三次元的肉體世界。

是的，醒來，回家。

回到源頭，那個沒有恐懼的地方。

說起來，人類像是貪玩的小孩，離了家，在各類新奇誘惑下，玩心越來越重，離家越來越遠。迷途的孩子玩著玩著，不復記憶自己的來處和真實身份，忘了最初的意圖是創造，是遊戲，是純粹的體驗。靈魂在這場遊戲中迷失了自己，在幻象裡飽受恐懼的折磨。

而回家，是有方法的。

在回家的路上你會聽到各式各樣的聲音，有慈愛殷切的指引，也有聽來悅耳誘人卻是刻意引你離開正軌的雜音，無論這些聲音是真實或虛假，無論聽來多令人感動，它們只是方向；任何人能給的都只是方向。如果你不學習運用辨識力分辨真偽，不追隨自己內心的聲音；如果你不勇敢踏上你的靈魂所指出的道路——那條寂靜冷清卻自足的路——沒有人，沒有任何人能夠帶你回家，回到光的所在。

要回到光或是源頭（不論怎麼稱呼），並不需要加入組織或宗教，也不必花大錢上什麼心靈課程。不需競爭比試，也不必爭先恐後，因為那是每個靈魂的起點與終點。

靈魂終究會回到祂來自的地方，回到光裡。而這條路可以不那麼曲折迂迴，可以少受許多不必要的折磨。

一個無所求與不執著的純淨心靈，會是最短的路程。

人世是虛幻的，
它可以很複雜，也可以很簡單。
如果把一切想成體驗、測試和選擇，
測試我們是會聽從靈魂還是小我的聲音，
那麼很多問題就都有了答案。

宇宙間的每個星球都有它獨特的能量和學習課題，而這個地球就是體驗物質實相的三次元場所之一。

當人類對基本生存的需求獲得滿足，有了物質上的安定與安全感，便開始從物質面進入精神上的自我實現與靈性提升的階段。

從追求物質到精神面的演進是在三次元的靈魂都會經歷的過程，這是回歸光的必經階段。只是這路上不可避免地充滿陷阱，然而這些陷阱與上帝與神佛無關，它們可以統稱為「小我的誘惑」。

在追求靈性成長的路上，人類最常遇到的「小我的誘惑」，就是「光環」的試煉。凡有「心靈導師」、「大師」心態，喜歡粉絲追隨、信徒簇擁、受人崇拜、強烈需要被認同者，都屬此類。

人性的虛榮造成自稱的「大師」和「神佛代言人」滿天飛的現象。這些人看似走在靈性路上，但執著於名利，追求被擁戴崇拜的心態，使得他們在靈性路上往往誤人誤己。

許多人之所以走上靈修之路或對精神層面感到興趣，通常是因外在世界的變動和受挫，於是開始尋求心靈上的寄託，或認真思考起存在的意義，試圖為人生找到答案。

生命裡看似不美好的遭遇，事實上是靈魂在天上規劃人生藍圖時，就已事先預設好的情境。它們負有將人類的注意力從物質/外在層面，導引到心靈/內在面的深層目的，為的是個體能透過事件學習、轉化，發現並活出真正的自己。(因為人們總是在靈魂的暗夜和絕望的淚水裡，看到內心真實的渴望，也因此更了解自己。)

探索的路上總會遇到誘惑和盲點，從另個角度來看，這就是靈性路上的考驗課題。這些盲點自古皆同，最常見的就是將指導者的話當成神意般信奉，毫不質疑。(倘一旦如此，而他也允許你將珍貴的內在力量依附在他身上時，請幫自己個忙，換條路走吧。)

真正的老師知道自己的角色，他清楚自己只是神的工具，不會藉由剝奪或榨取任何人的力量來增添自己的光芒，也不會要你付高費得智慧或救贖。真正的導師啟發並賦予力量，幫助人們看到自己的價值與潛能。所謂上師或心靈導師，只是一個開啟我們認識自己內在神聖力量的鑰匙。任何人的靈性成長與開悟最終都在於自己的努力。

在尋找生命意義和心靈依歸的路上，不要傻傻地把力量交給別人，更不要盲目信從任何自稱是上帝代言人、大師或神明轉世，把自己塑造成法力無邊，卻又為自己建造奢華廟宇的貪婪之徒。

最狡猾的宗教騙子是十句話裡，九句真一句假，人們會因為那九句顯而易見的真話而連帶對夾雜其中難以判斷或辨識的假話信以為真。

宗教。

我相信所有宗教來自同一個源頭，宗教的多元化是因應不同
地域和文化所產生。

坦白說，我不認為目前地球上有任何宗教能帶給人類終極的
救贖，因為宗教是人造的，而這裡的宗教已偏離其原始精
神。貪婪的人類為了鞏固和擴張權勢，扭曲上帝的訊息，原
始教義被斷章取義地引用，原本沒有的話語被擅自添加。

我常納悶那些以神之名殺戮異教徒、把上帝掛嘴上卻行不義
之事和鼓吹仇恨對立的人，如何能大言不慚地說自己信奉上
帝，愛上帝？

如果宗教真的有用，計算一下台灣或地球上有多少人口信仰
宗教，再想想，如果人們真的把上帝佛陀的教誨放心上，這
個社會，這個世界怎麼還會這麼混亂？

宗教的目的原是要提醒每個人內在本有的神性/佛性，是為
了指引人類認識自己的源頭，引領靈魂回到真正的家。然
而，看看人類的歷史，不乏以宗教為名發起的戰爭，宗教堂
而皇之利用信徒的熱情殺戮異己，這不是很諷刺嗎？

上帝怎會希望人類互相殘殺？上帝的宗教怎會有排他性與分
別心？

宗教是以服務、傳播愛、提升靈性為目標，而非獲取財富及權勢為目的，對金錢貪婪的團體和以製造信徒恐懼要求供養的自封的「大師」，其世俗企圖再明顯不過。(況且，真正的大師也不會自稱大師。那顯示了對名的執著。)

事實是，宗教和靈性已成了不少神棍和組織斂財的名目了。

說到組織，以人類現階段的意識層次而言，有組織就不免有權力鬥爭與利益糾葛。

有些組織以崇高理想為由，號召人們出錢出力，表面看似為了無私的光榮目標，實際上卻是利用他人的熱情與金錢成就自我。以拯救地球、協助人類為名的組織將會越來越多，如果組成的動機是沽名釣譽，或是想藉潮流趨勢來累積個人財富，再多這樣的團體對地球也不會有正面助益。

地球需要幫助，她的確也在透過氣候異常與自然災變的形式，呼喊人類改變貪婪自私的心態和破壞性的活動模式。然而，幫助地球並不難，不是非得大張旗鼓成立組織才能做事。每個人都可以用自己的方式盡一份心。而目前最大，最直接，最能匯集力量的改變機制還是在教育，在法律，在各國政府身上。

事實上，只要多數人能自發性地從身邊小事做起，珍惜資源，愛護生態與生物，各個國家也能制定完善的環保律法並切實執行，地球環境就會停止惡化。

在我的想法裡，如果這個世界的多數國家都能嚴格管制個人和企業財團對生態環境的破壞；不要短視近利得為了眼前數十年的利益，犧牲下一代賴以生存的環境，地球也不會是現在這個樣。地球上的各個政府和其背後龐大的隱形勢力，其實很大程度地決定了大家與地球的命運。

倘若擁有權力的人仍然凡事以金錢掛帥的企業財團掛勾，地
球前景自然無法樂觀。

有些組織已在世界各地未雨綢繆，他們提出協助人類渡過地
球變動的危機和永續生存的計劃，然而計劃的內容和規模勢
必要有大企業或政府的*資源與技術投入，才能收事半功倍
之效，也才能複製及延伸到更多地區（*像是土地的取得、
環保能源技術、有機農耕、綠色建築等）。

因此，追根究底，最快速與實際的解決之道是在各國政
府──地球的領導群身上。說穿了，人類所製造出來的許多
環境與生態問題之所以惡化並不是因為無解，不是沒有方法
解決，而是受制於利益團體而不為，或做得不夠。

人類組織的成立最初大多立意良善，但後來往往成了化簡單
為繁複，建構和分贓權力與資源的模式。坦白說，政府就是
一個例子。（當然是指腐敗沒效率的政府。）

我不是反對政府的存在，事實上，我一直認為地球上的政府
應該是每個國家裡最主要的慈善和教育機構。它的功用除了
保障人們基本安居樂業的生活權益，還應該要進一步引導人

民發揮才華潛能、實現自我，最終教化人民、提升靈性。想像一下，如果有天人類的心靈是高尚的，人類社會就不需要監獄，連法律都是多餘。

法律基本上只是保護善良人們的最後一道防線。如果人性沒有提升，如果人心對貪婪、妒嫉、仇恨和偏見沒有免疫，即使有再好的法律，也會因人的素質及連帶的執行不力或不公而遭到扭曲，使得公義無法彰顯。

總歸一句，一切問題出在人的品質。

我們在此是為了提供知識、真理和嶄新能量給你們的星球。
──摘自《地球守護者》

我相信宇宙有它的時間表，地球也是。

目前正是人類要擴展心智，接受地球不是這個宇宙唯一有生物存在的星球，而人類也不是神所造的唯一智慧生物的時候，因此越來越多的外星訊息被傳遞，越來越多外星生物與人類接觸的案例發生，都不必大驚小怪。

外星人的存在無庸置疑，會在這時候來到這裡的外星人，對地球是懷抱善意的。他們不是來毀滅地球，不必心懷恐懼；一味質疑他們的存在也不能改變他們存在的事實。

凡事都要用地球人的標準來判定是否有外星生命，只顯示了人類的自大和無知。從地球本身所展現的眾多生命型態來看，你們就應該可以得知，生命不是只有一種形式。

外星人不可怕，可怕的反倒是心術不正的地球人。一直以來，地球就是充滿貪婪與恐懼的星球，因為恐懼和自私，所以貪婪。看看這世上所發生的一切，只為了金錢，人類就可以輕易殘殺同在這個星球的生物並且毒害彼此，不是嗎？

「外星人現在正生活在地球上」，這是《地球守護者》開宗明義第一句話。對此我一點也不懷疑。

自《地球守護者》出版後，或許是書中揭露的資料頗具震撼性，我注意到一些頗堪玩味的反應。

為避免有人誤會自己的「身世」，（包括早八百萬年前就困陷三次元輪迴機制，再也沒能離開的原外星靈魂……說起來，他們並不是書裡所說的外星人，因他們曾經比人類高度進化的心靈早已不再。）我想說明，書中個案菲爾的靈魂是第一次來到地球生活，之前的生存經驗都是在其它次元/星球，因此他是所謂的「地球新鮮人」。

雖然自數十年前起，陸續有外星靈魂以協助提升地球住民意識為使命，來到這個藍色星球，意圖透過人類軀體身體力行地為地球帶入新希望和宇宙觀。然而，比起地球人口，在此的外星人在比例上仍是佔很少數。並不是對外星話題有興趣就是跟外星人有淵源，並不是凡自稱夢到外星人或可以看到的就是外星人。這其中有不少是受到所看過的書籍/漫畫/影片/動畫的影響，而產生的自以為真的投射或腦中的殘留影像。這種現象通常發生在容易接受暗示，或對現實不滿的人。

此外，以我的觀察，台灣和對岸有特定群體/論壇對外星主題很有興趣，但看到某些人的為人與言論，看到他們對「服務」和「分享」的謬誤曲解，絲毫不懂人與人之間的相互尊重與友善，這些自以為是的觀念反映的是人類蠻橫掠奪的劣根性。我說，這樣的人若是他們自以為的外星靈魂投胎的「地球新鮮人」，那地球就毀了。

不是的，有著詭詐自私性格的，絕不是來協助地球人提升意識的外星靈魂。

台灣社會向來不缺人裝神弄鬼，這兩三年來又有打著新時代名號的神棍加入，所以更是不分中西派別的神棍滿天飛。從這樣的脈絡來看，我並不期待出現很多自稱的「外星人」。一旦如此，恐怕意謂這議題已被庸俗化。

我相信確實有第一次來地球體驗生活的外星人存在，我認為這個議題可以輕鬆，可以嚴肅。信或不信都是個人自由。而我發現，當感覺到以下兩種心態時，我會打從心裡不舒服。
1）刻意強調並以此表示自己與他人的不同。
2）用這個說法來解釋自己人生的不快樂和失意，甚或當成規避現實的藉口。

我認為第一點是虛榮作祟。第二點則是不負責。有這些心態的人，基本上就不太可能是來改變地球的新血。而且關於第二點，外星人在此的受挫感主要是來自對人類社會不公的制度，對弱肉強食生態的感傷，還有對人性貪婪虛假的失望，並不是跟個人發展有關，那太狹隘了。

不是因為考試、工作、事業、愛情不順、人際關係欠佳、被人排斥取笑而感覺疏離，或是心靈曾受創，覺得生不如死的就是外星人。那地球不如直接改名「外星」，大家就通通是「外星人」了。

對於《地球守護者》和《迴旋宇宙序曲》可能帶給讀者的震撼，我想再一次提醒：每個人都是特別的，你不需要是外星人才特別。也不需要會通靈才有 spotlight 在頭頂。尤其很多通靈半假半真....反正話都隨人說，敢說就有人信....信口開河和盲從盲信也算人性的特色吧。

話說回來，大家既然都在地球，就不必在意自己是地球還是外星靈魂。不論是第一次來，第二次來，還是已困在人世輪迴了許久，既然在此，就好好體驗地球生活。

我是這麼相信的，如果多數人類能秉持己所不欲勿施於人的同理心，也願意維護公平、正義、善良、謙卑、寬容、誠實、感恩、利他等美好價值，好好過日子，對自己好也對別人好，這個地球自然就會好。

至於是不是外星靈魂，真的不是重點，幫助地球成為一個更好的地方才是，不是嗎？

敲鑼打鼓是「小我」在領銜主演你的人生的表徵。真正的地球新鮮人不高調，低調都來不及了。如果只能用兩個主要特質來談地球新鮮人，我會説是誠實和低調。

真正有能力的人不會也不需去炫耀他的能力。道理很簡單，如果本身就會發光，為什麼還那麼擔心別人看不到呢？

台灣身心靈圈子裡，有些人會利用外星議題招搖撞騙；或為錢，或為了顯示自己的「特別」。而某些人之所以會對此議題特別感到興趣或許有其背景。可能在許久許久以前，他們為了不同原因（協助地球人或商業目的），分別從不同星球來到地球行星。他們對能量的瞭解與控制眩惑了地球人，對他們來說很自然的宇宙法則在地球人眼裡看來都是魔法。(附帶一提，所謂「魔法」無非是心靈力量的展現，懂得運用心靈力卻沒有道德心，這樣的力量不會持久。) 有些原是前來協助地球住民提升生活技能與層次，但他們把地球人的崇拜照單全收；虛榮的心被豢養，操弄和控制就在所難免。

他們的心不再純淨，自大的思想與操控的行為使他們的頻率變緩慢，他們的靈性漸漸退化。當靈魂離開了身體，離開了地球，他們發現自己的頻率已無法回升，他們必須回到這裡修正所犯的錯誤；他們想給自己重新選擇的機會。然而，每一次回來地球前所許下的修正錯誤的宏願，都敵不過回到這裡所實際面對的挑戰與誘惑。

每一次面臨利他或利己，協助或操弄，他們仍然做出負面的選擇；選擇貪婪，選擇為名利權勢背棄靈魂和良知。他們忘了當初就是選擇黑暗，自此被困在地球。

他們下意識的遠古記憶使他們對外星議題仍有著熟悉感，而他們現在和一直以來面對的課題之一，就是要克服亙古之前的優越和虛榮心態，以及總想操控、掠奪他人力量的習性。

當外星議題越來越普遍，將有越來越多人想藉此獲得注目和利益。最簡單的區分真偽方式就是「錢」。如果有人跟你說他來自什麼什麼星，或他可以通到什麼六次元七次元的外星人，或說你是來自某某外星，想藉由告訴你訊息來收費，不必相信。這些人早在遠古時代就被地球的低階能量同化。外星議題只是他們拿來滿足小我的方式罷了。

真正的地球新血，（也就是初次來到地球，以往都是在地球以外的星球生活的外星靈魂）是帶著謙卑而來，是要透過所配備的愛，正直，同理心等正面特質，經由生活和工作，為充滿貪婪與恐懼的地球人類帶來啓發及改變。這些外星靈魂清楚知道，突顯自己的不同只會徒增困擾。他們對名利物質也沒有興趣，所以絕不會以自己的身分謀利。

越來越多人對外星議題有興趣是必然的趨勢
因為人類的根本原就來自外星
只是有些人一頭熱地把外星人當成地球的希望
不必如此

最有權利義務及能力改變地球現況的
就是生活在這個星球的住民
外星人在地球歷史上雖然從沒缺席過
但不要期待外星人來解決地球困境
因為這如同放棄人類自身的力量

也不必存有2012一定會如何的想法
宇宙的計劃會因應各星球的意識進度作出改變
沒有什麼是絕對的

所有傳遞的宇宙和外星資料
都是為了提醒人類真正的身份
提醒人類所面臨的危機，所擁有的力量與選擇
若明知前方有個大洞，卻不提出預警
這不代表尊重，而是冷漠

那些資料也是要幫助大家看到人類的神性傳承
發揚愛，使地球成人間天堂
但虛妄的人性卻把重點放錯在通外星靈或説外星語

所有靈性和宇宙的教導從不在強調通靈或求神通
這是本末倒置

許多人在內心問
為什麼會在這兒？

不要忘了來到這裡的目的
你們是要在物質次元裡超脫物質
是要體驗、感受和創造
是要發揚愛，朝精神層面進展
是要釋放恐懼，讓光閃耀

世界越動盪，人心越是探尋生命的意義，從這個角度來看，這是人類提升靈性的機會。而我想提醒靈性工作者，人心越是徬徨，更要自我檢視，不要成了貪婪和虛榮小我的工具。

這時代，身心靈圈真的夾雜不少混水摸魚的人，而且有越來越多的趨勢。對靈性有興趣的人請運用**常識**和**直覺**，千萬要小心那些打著靈性招牌，騙人騙己的「偽光行者」，不要被故弄玄虛或看似神聖的話語文字所矇騙了，也不要盲從於各種形式的權威；不要將自己的力量交給任何人或自稱高階能量的代言者。

任何時候，你都可以向內心探求，並尋求自己的天使和指導靈的協助。

所有書籍或自稱的大師都只是管道，不要傻傻地服從或放棄自身的判斷力與力量。

那些自稱的管道並不是源頭，真正的源頭在你心裡。

在人類加速探尋生命真義和靈魂真相的時候，真的要留意那些看準靈性熱潮，假借光與愛之名，以提升心靈為包裝，刻意蠱惑人心和攫取他人力量，獲取自身利益的新時代神棍。(很不想用這個詞，因為這表示 New Age 淨土正一步步被污染，這是我一直以來很不希望看到的事....悲哀的是，確實有這樣的趨勢。)

每看到自稱靈性工作者行事表裡不一的現象，總令我難過。因為這種虛假對當事者個人的靈性和人與人之間的信任所造成的傷害並不亞於暴力，到頭來，只會使得更多人對人性失望。

我無意一竿子打翻一船人，我相信在身心靈圈子裡，動機不純的是少數，其中有些人或許被小我矇騙而不自知。我相信天使和指導靈的存在，我也相信某些人的使命是扮演不同次元的橋樑。但在這混沌的時代，確實有人假靈性之名斂財，而「偽光行者」也的確存在，因此除了學習向內探求，相信自己的直覺，**辨識力**更是格外重要。

我希望從事提升人類意識工作和對靈性有興趣的人，都能自我要求誠實與正直。這個希望會太不切實際嗎？

這個社會虛假的人事已經太多，真的不要再為了一己之私和虛妄名利，將值得深入探討的新時代思想導向迷信和盲從的窄路。

新時代思想並不是新創的思想，它事實上是古老知識在雙魚和水瓶時代的過渡期重出檯面。新時代書籍被譯介到台灣也有十多年了，這些年來，新時代思想一直是股提供讀者心靈和智識的正面力量。

但自兩三年前開始，某些對新時代思想有興趣的人看上了靈性是下一波的潮流，在他們的眼裡，身心靈事業是新興的「產業」，是令他們垂涎欲滴的一塊商業大餅。他們除了想從這個「產業」獲得暴利，也覬覦靈性的光環。

於是，這些打著心靈名號卻別有用心的逐利之徒，批上光與愛的外衣，不負責地濫用「高靈」乙詞大推通靈，膚淺地將新時代精神簡化為靈通、外星人和吸引力法則，仲介神棍靈媒，並把心靈課程當高價商品銷售。

其實，若單是投機份子誤導心靈知識並不足以成事。然而，不少對靈性成長有興趣，或對生命徬徨困惑的人，因渴望指引但缺乏辨識力，使得暗黑力量有機可趁。某些人也因利益掛鉤而姑息，這些都或多或少助長了無明的擴散。

推廣對人心有益的思想本是好事，然而這些投機份子因限於自身的靈性層次，表裡不一不說，他們把新時代思想當成發財工具的動機，基本上就很不靈性，也偏離新時代思想的本質。

營利是正當的事，我們畢竟生活在物質世界。我反對的是打著提升心靈名號卻譁眾取寵，刻意製造不真實的話題或內容，對神棍行為推波助瀾，有意無意地透過散播恐懼謀利，以及利用個案急需指引之際，以假高靈或靈通訊息掠奪他人力量的偽光行者／靈性工作者。這些人由於心性的層次，除了儘說些虛無縹緲的空話，也把好好的新時代精神弄得像迷信。

他們用靈性的語言包裝貪婪，利用別人的智慧與心血做為獲取名利的墊腳石。這種為了金錢，藉靈性欺騙的行為，實在與出賣靈魂無異，在身心靈圈如此，尤令人不齒。

 台灣的新時代亂象：偽光行者、假高靈神棍。

對台灣這兩年多來吹起的一陣「高靈」歪風，我實在很不以為然。根本上，我不相信以協助人類提升意識為目標，來自不同次元的能量體，（就是新時代書籍裡會見到的「高靈」一詞）會要其地球管道以修復靈魂的名義來收取高價。會以「高靈」名義收費，就已暴露出這些人對新時代思想的認識不清。

先簡略解釋一下。在新時代書籍裡被翻成「高靈」一詞的英文是 higher spirit。新時代語言裡的 higher spirit 有其特殊性，這些來自高次元的能量體透過媒介／載具，以口述／文字方式傳遞有助人類了解宇宙真相的必要資料和訊息。他們所傳遞的資料都很具原創性，相互間卻又有共通之處。

他們跟一般所稱的指導靈不一樣。指導靈跟高靈都是靈體，但來自的層次不同，振動頻率不同，任務/功能也不同。

每個人在這一生都有一位指導靈陪伴，有的人在生命特別艱困的期間會有一位以上，也有些人因身具特殊使命，他的指導靈跟多數人的指導靈不同。這樣的指導靈會是某個領域的專家，譬如醫學、科學、藝術或文學。這些有特定專長的能量體，為的是協助個體完成他們的地球任務，這樣的指導靈常來自較高的次元，但也不是新時代書籍所翻所指的「高靈」，「高靈」也不是 Higher Self（較高自我/高我）。相對於ego/小我，Higher Self 指的是每個人的大我/真我/高我（也就是那連結神性的你）。

一般說來，為人解讀的靈媒除了本身的超強感應力，他們也透過自己的指導靈得到與個案相關的訊息。這些訊息也會來自個案的指導靈。就這方面而言，靈媒扮演個案和個案指導靈間的傳訊橋樑。

靈媒和能量工作都是一種職業，所以要說指導靈是他們的人生與志業夥伴也不失真。然而來自高次元存有的任務，就不是專門跟在某個人或靈媒身邊幫其進行收費解讀或療癒工作了。(順道一提，進行療癒和能量工作時，每個人都可召喚上師/天使/大天使的協助，高層次的存在體並不專屬任何靈媒「使用」。)

高次元的能量體透過挑選的地球管道/載具的靈通力，為的是傳遞宇宙真理和與全人類有關的訊息，不是為哪個個人做

專屬的「商業服務」。說白了，「高靈」不會去當個人的生財夥伴。這不是他們的角色和任務。

靈媒和自稱能通靈的人，應該避免隨性或故意使用「高靈」的稱謂，尤其新時代相關書籍裡的這個名詞有其特別意義，也算是被神聖化的。

能接收來自高階次元訊息的管道／靈媒，基本上具有為人類的最高利益服務的使命，但他們的傳訊者角色並非永遠，如果不能平衡與控制自己的ego，當傳遞者的小我開始作祟，不論是以自大、驕傲、主觀、虛榮、貪婪或操控的形式，小我一旦介入，訊息傳遞就會失真，高次元的存有／能量體會切斷傳輸，不再使用這個個體作為管道（不論是在東或西方，標準皆然）。只是這些人並不自知，就算自覺已不再有什麼感應，但能否坦然面對又是另一個問題，也因此就這麼繼續自欺欺人下去。

從高靈乙詞被濫用，就可以看出人性的詭譎。一般人單從字面覺得這是好炫的說法，於是開始有自稱能通靈者喜歡說自己通的是「高靈」，有些沉浸於靈通訊息的人也開始有意無意暗示可通高靈，彷彿這樣就立即高人一等，可為自己說的話、寫的文章「加持」。總之，一時間，這也通「高靈」，那也通「高靈」的怪異現象充斥，奇怪的是，「高靈」這兩字沒出來前，也不見他們這麼說。

我認為，愛用「高靈」一詞，或喜歡強調自己能通靈且唯恐天下不知的心態，就顯示看不透「名」，心性仍需磨鍊。一個過度需要外界認同和肯定的人所解讀的訊息，基本上就很容易有偏差。

在我的觀察，自某平台成立後，台灣身心靈圈（包括這類部落格）就吹起了「高靈」的流行歪風。更荒謬的是，這些人好似隨時隨地可跟高次元頻率連上線。「高靈」滿天飛的亂象，顯示「高靈」這個詞在台灣已被嚴重誤用和濫用。濫用的人若不是出於無知，就是故意「挾高靈以自重」。

我曾看過有人以通「高靈」，可為人「療癒靈魂」為由收取高費，而且要求先匯款。（附帶一提，許多自稱的身心靈工作者對金錢的態度一直讓我很疑惑，為什麼一定要先匯款？見面時交付不行嗎？我很納悶…）

如果所謂的「高靈」會選取某人代為進行「靈魂療癒」工作，然後收取一筆高費用，那麼「高靈」的定義就該被改寫。此高是「收費」高，而不是「層次」高。

提供專業知識和服務，進行心靈諮商或能量工作，當然能收取報酬，使用者付費是合理的。然而打著愛與光的旗幟收高費？這些人真正關心的應該是自己的財富吧。

或許有人會質疑收高費有什麼不對。容我反問，在心靈工作裡，高價的意義和目的何在？

一個以提升人類靈性為使命的人會用價格來做市場區隔？還是說，只有付得起高費的人，他的靈魂才能被療癒？業力才能被清除？或才能得到秘傳心法？

當心靈工作者以清除業力收取高費，這跟腐敗的贖罪券在本質上有什麼差別？

更不要忘了，能量是時時刻刻在積累和作用，難不成這次清完，過兩個月再付費清一次？尤其當進行的只是「一次性」的能量工作，而其效益還有賴於「受療癒者」的堅定信念時，一個人頭上萬的收費就很令人詫異。(有時這樣高價還得不到一對一「療癒」，而是團體形式。)

雖然這是自由市場的社會，一個願打一個願挨，但看到那些把靈性工作當成商業大餅，利用人心的迷惘，堆砌 New Age 書籍裡的文字，然後昧著良心謀利，打著靈療騙人的行為，對這樣的人，我想問，人類需要付高價才得靈性療癒嗎？而且一味強調通靈有那麼重要嗎？就算能通但詮釋錯誤又有何益？

當心中有愛，當出發點是愛與利他，當真心要助人，怎會去計較費用的多寡？而且還一定要先收到匯款才排時間？

我可以很肯定地說，宇宙間沒有任何一個高次元靈魂會甘於做利益薰心的人類的生財工具。

宇宙間確實有許多不同次元和星球的高階靈體隨時願意協助，但他們不會要你付錢才提供訊息和幫助。他們也不會要找「代言人」收「代言費」。當你召喚天使時，天使不會要你先付錢才出現。當你與上帝說話時，祂又何曾要你先交錢才願意聆聽你的傷痛和祈禱？

最珍貴的服務是無價的，沒有什麼比一個帶著愛的服務的心更有價值的了。

不必相信那些假藉清除靈魂業力收取高費的神棍；只有你能為自己的靈魂療癒負責。

真正的高次元靈體不會要你依賴他和他的療癒，因為那是剝奪了你的力量。

再說一次，「高靈」不會收費的。真正的賽斯有收費嗎？有要成立什麼組織嗎？或許那些用高靈名義收取解讀費的人真以為自己通到什麼；通到鬼魂和低階靈體也不是沒有的事。

使用「高靈」一詞極易誤導他人，想想，一般人除了因為想知道自己的人生目的、愛情、事業或健康問題會去找靈媒問事外，多是對人生感到迷惘的時候，而一個靈媒和一個自稱能通「高靈」的靈媒，一般人會覺得那個比較夠力？應該大多會選這位號稱可通「高靈」的吧。因為「高靈」乙詞本身就有高階的意味。

換言之，「高靈」會讓人們有意識和無意識地都對那位靈媒的話特別相信。一些意志薄弱或正處生命低潮的人，很容易不加辨識地就把自己的力量交給了那位靈媒或其口中的「高靈」，因而遵從靈媒所給的任何「訊息」。而這些訊息極有可能是錯誤或不實的。

詮釋錯誤的訊息偶爾也會成真，有些個案就以為解讀有準確度，其實不然。錯誤解讀成真，事實上是見證了心靈的力量，因為個案相信付高費有其意義（如果有的話）和來自所謂的「高靈」訊息，個案本身的心靈力和信任的情緒因此提供了訊息成真的必要能量。

我深深以為
當開啓了內心和宇宙的通道
再沒有任何談論心靈和宇宙的書是必要的
因為所有的資料
只要向內探求都可得著
而所有書裡的知識和訊息
都是為了喚醒存在於每個靈魂深處的共有記憶

我們每一個人都可以和宇宙源頭連結，因為每個人的內心都有祂的種子，都有神性的火光。誠心呼喚祂的名，你們自己就是連結的最佳管道。

不要被新時代神棍用話術唬弄了，他們都會說得很好聽很有理，像是「宇宙的愛與智慧的訊息不專屬少數覺醒的人」。是這樣的沒錯，你也可以 —— 只要你付她錢，付個幾萬元....再幾萬元....再幾萬元....

他們也會呼籲人們要「重視心靈價值、過回歸生命本質的靈性生活」，然後給個某某使者的稱謂，鼓勵你把家人也帶來，加入某某揚升計劃之類的。說白了，就是賺你一個人的錢不夠，要賺你全家的。

好，這是我的質疑，撇開這些人的話術為什麼這麼像直銷，像商業廣告不說，怎麼這些講心靈，講提升的，講要療癒你的靈魂的，講到最後都是錢，什麼都要錢，而且還不是幾千，是近萬，是好幾萬？

為什麼人類的心靈提升不是靠自己？是要靠付錢？付給新時代神棍？

我很懷疑，如果不收高費，他們還會要「療癒」？還會有興趣要協助地球，協助人類提升嗎？

通靈者的心性很重要，什麼靈魂品質的人通什麼層次的
spirit。一個假高靈又藉療癒名目開高價的靈媒，很明顯為的
是金錢和虛名，而這樣的思維所聽到的絕對是小我的聲音。
(即使原本有些通靈力，解讀的明晰和正確度，也絕對會受
到影響。)

再提醒一點，不是來自其他空間或次元的靈體就是「高靈」。
大家真的要小心，不同空間有不同屬性的靈，不要被喜歡搗
蛋或惡意的靈體給捉弄了。

靈媒濫用「高靈」乙詞是近年台灣身心靈圈的歪風，真正了
解 New Age 本質和心思純正的人，是絕不會如此挾「高靈」
自重並藉此收費，(我看過「高靈諮詢 10 分鐘 1000 元」的宣
傳，我不知道「高靈」什麼時候物質化到幫助人還要收費，
而且是高費。也有人仿國外的「對話」形式出書後，再以傳
授某心法收費，這也是件奇怪的事，尤其還牽拖「耶穌」。)

心思純正的人也不會意圖製造「高靈」常「出沒」其身邊的印
象，這樣的行為明顯是虛妄小我在作祟。

利用高靈或聖靈名義收費實在很不可取。或許這些人沒意識
到這樣的用法會造成誤解和誤導，但這其實也反映了他們下
意識的虛榮和貪婪心態。

難道一定要說通「高靈」才顯得不凡或高人一等？自稱靈媒
卻要拖個「高靈」背書是很遜的。而且隨隨便便一個人，只
要敢說能「通高靈」「通外星人」，就會有無知的人相信。更

離譜者，還有人稱因歷經生活巨大磨難，潛心閉關後就得道開悟了。

說離譜是因為，一來，開悟者不會自稱開悟。二來，開悟的人不會用充滿廣告的文字自我推銷，那是商業化的思維。更何況，真通得到「高靈」又怎會要個案先提供出生年月日？又不是紫薇、八字或占星。

這兩三年，身心靈圈真是離譜事一堆。

如果有人告訴你，覺醒很重要，地球要靠覺醒的人來拯救，然後要你付他錢，他好指導和幫助你覺醒。

你有什麼想法？

很多人可能會說這是騙子，但這就是目前台灣身心靈圈尚稱普遍的現象。

通常這些人會說自己是要散播光與愛。不論這些人把自己包裝得多神聖，我真的看不出利用他人恐懼圖利，或是藉著地球與人類的既定挑戰來獲取私利，這樣的行為跟光跟愛，跟提升心靈有何關聯？

更納悶的是，類似這樣的事不算少，而且還有不少人會傻傻的相信。

想想，末日說引發的恐懼是誰得利？不就是那些說要救你又要收高費的人嗎？

這些人先製造了恐懼，再來販售「接受沒有恐懼的未來」，十足就是鑽營份子。

身心靈圈不乏貌似誠懇的偽君子，真的要小心。

靈療是門技術，淺顯點說，就是運用能量與信念的技術。技術是工具，屬於心智的範疇，技術是中性的，跟金錢一樣，無所謂好壞。使用者決定它的影響。因此學習者的心性與靈魂素質很重要；靈性知識與技術的傳承不能單用金錢來決定。

靈療師是一門職業，既是職業，就絕對有提升與精進的空間。有些人天生感應或接收力特別敏銳，但也不能光憑天賦，一定要懂得自我提升，多閱讀相關書籍，多練習，最重要的是要修「心」，隨時觀照自己的起心動念。不要被名利主導，也不要陶醉在被人吹捧的情境裡。如果不懂馴服小我，感應很容易就會失去準確度，然後開始踏上自欺欺人的不歸路。

從事療癒工作，除了天賦，還要具備專業知識。此外，學習諮商心理與技巧也很必要。不論哪種心靈工作，都跟諮商有密切關係。若只一味講光和愛，或以寬恕、不批判什麼的來開導，並不是那麼切實能提供幫助。

倘若不能幫助當事人解開心結治本，或是協助對方看到需要修正的信念，繼而擬定一套改變的實際作法，只在口頭上空泛的講寬恕、講愛，通常只是暫時性的情緒體舒緩，而不是紮實的內在轉化或療癒。

國外具有直覺療癒天賦的先驅者或知名靈媒，在本身天賦外，也幾乎會取得相關專業的資歷和學位，像是醫學或心理學。除了有一套原創性高的服人理論，他們在學術和實際操作上是下過功夫，經得起考驗和測試的。

反觀台灣，好似只要看了很多新時代的書，上過些與心靈相關的課程或工作坊，就堂而皇之進行收費的療癒工作，甚至開班授徒了。這實在很荒謬，尤其沒有專業諮商的背景，對個案是很大的風險。從事療癒、能量、催眠和心靈諮商，必須要有專業的心理訓練背景和證照，本身身心要平衡，這並不是上幾期高價工作坊就可以的。

不過有人願打，有人願挨，否則為什麼會有人看到部落格或身心靈平台的廣告宣傳就天真地相信呢？

愚昧的人類之多，超乎想像。

清醒點吧！渴望解脫卻將自己的力量交給別人是不智的。那些動不動要你為了空泛的解讀或療癒付上萬的錢，而且一定要先匯款才安排時間的人，心態上就稱不上是靈性工作，他／她們只是以正流行的身心靈名目為包裝，掩飾生意人的企圖和神棍身分。

賺錢不是壞事也不邪惡，地球本就是物質化的次元。只是當什麼都向金錢看齊，更糟的是，還用靈性做幌子，這就大有問題了。如果從事靈性工作還大小眼，不正與靈性的精神和本質背道而馳？在這個地球，最珍貴最無價的，都是金錢買不到的。像是愛。

當一個人真心相信服務與愛的價值，就不會以能量流通作為收取高費的藉口。

人類狡滑地用此來為自己的貪婪合理化，暴露出的只是收費者的貪心與付費者的無知。

利用宗教或靈性斂財是靈魂的墜落。神棍不分大小咖，都是神棍。

老師、大師、明師，不管什麼師，會在意稱謂的，基本上就是受到小我的宰制。

一個專業且有良知的靈性工作者是幫助個案找回自己的力量，不是讓個案依賴他。

身心靈圈的老師素質良莠不齊，有些開課者的背景與學養很堪質疑，他們對靈性知識與神秘學一知半解，就因為上了些課，看了些書，就開始開班授徒，回收學費。也有人不學無術，在部落格自稱可以點化人。總之，要謹慎，要小心，千萬不要盲目，更不要狂熱，才不會成了新時代神棍和靈性皮條客的肥羊，而且還沾染一身負面能量，得不償失。

那些心態上只是把心靈工作當生意經營和仲介的人，令人懷疑是否會在意誰是具備專業和道德的好老師，誰又只是懂話術的新時代神棍。要留意重噱頭，什麼錢都要賺的身心靈平台。

若是對心靈知識有興趣，想透過老師學習及參加者之間的互動交流，請一定要慎選課程和老師。(尤其能量療癒是很嚴肅的事。不論是教導或學習，動機和心態都很重要，不是收錢交錢就可以的。)

不負責的點化除了顯示對靈性知識的不專業，也是不道德的。真正的大師點化人也不會收費的。如果你的狀態不適合或時機未到，給再多錢他也不會點化你。

關於療癒的小提醒。

任何療癒基本上都可稱為「自我療癒」，因為沒有自我被療癒的意願，再強的外在力量也無法成功療癒你。

執行療癒的人只是一個管道，藉由病痛，藉由療癒者，你開啓你的心。你對療癒者的信任度也絕對影響療癒的效果。有時，也是你的大我透過你敞開心靈接受療癒的時刻，療癒了你。

信心是療癒的必要因素，是個案內在本有的力量和堅定信念，加上宇宙的善能量，使所謂奇蹟發生。療癒者應該有此認知，而不是凡事居功。

儘管療癒者只是管道，一個高頻療癒者的振動可以連帶提升被療癒者的頻率，使得瞬間療癒成為真實（譬如耶穌）。

療癒也可以說是創造一個神聖的時空，在那時空裡，一切是在完美的狀態，被療癒者接受存在的原本面貌，療癒因此發生。

話說身心靈圈的怪現象。

一般人以為從事身心靈工作的人較為靈性，以我個人從旁觀察和某些接觸經驗看來，我是抱持很大問號的。

日本地震海嘯過後不久，身心靈圈有某作者把一篇日本海嘯受災者的文章轉貼在自己的部落格，然後大量寄發電子郵件，郵信裡有 link 連結回部落格裡的那篇轉貼文頁面。但連結回去真是為讀那篇文章這麼單純？當然不是，細看部落格內容，原來他有個即將要進行的「心靈活動」。（當然，活動是要收費的。）這種利用他人災難間接為自己的活動宣傳，若不是無感，就是自私，有這種心態的人能通到高次元的靈體？我真的非常非常懷疑。

同段期間，也有某神棍聲稱收到來自宇宙源頭的訊息，然內容了無新意，是任何一個熟悉新時代觀念的人都不陌生的文字。原來此人休息了一陣，改了名，透過這篇訊息為自己宣傳。

真的，可不可以不要知道了「源頭」兩字，就什麼都硬要跟祂扯上邊？

可不可以不要把虛妄小我跟宇宙源頭劃上等號地來招搖撞騙？

想想，宇宙源頭（也就是一般人所稱的神），怎麼會選唯利是圖的人為祂傳遞訊息？更何況，每個人與宇宙，與自己的大我和指導靈都可以通，並不需要收高費的「代言人」來告訴你們生命的目的。

寫到這，想到以前有人盜用《迴旋宇宙序曲》裡的園丁的話，被發現後，還推托那些文字是「高靈」所說。什麼「高靈」？我寫的時候神智清醒。凡事抬出「高靈」就能唬弄卸責嗎？

這類所謂的身心靈工作者是很糟的示範，我非常不齒。

許多人類的問題出在只想靠別人來解決自己的困境，他們寧願相信別人，卻不相信自己的力量。

遇到困境尋求外在協助是自然的，但若不先認知並接受自己對人生的責任，只一味尋求和依賴外界的答案，就如同拋棄上帝賜予你的人生鑰匙。

假「高靈」滿天飛的奇怪現象，某程度反映了人們不相信自己內在的神聖力量。再這樣下去，高靈成新興宗教，成了愚昧人類的另類信仰也不奇怪。

對那些愛說自己「通高靈」，喜歡炫耀神通，愛唱靈性高調，老把靈修掛嘴上卻言行不一的人，還是保持些距離吧！不少事實證明，這樣的人都大有問題。因為他們把生命的重點弄錯了，他們仍把重心放在外在事物和表相，放在別人的崇拜與認同上。

靈修是在修「心」，低調、踏實、利他，是修心的根本。講靈修卻不修心或是心術不正，再怎麼修都白搭，自欺欺人而已。

我也想提醒，當大家在談論並期待著靈性上的量子跳躍，好似一旦到了那個臨界點，人類的靈性就會自動地整體進化與提升....但是，有沒有想過，如果光明、良善和愛有quantum leap，難道黑暗與仇恨沒有？如果光明有百猴效應，難道黑暗沒有量子跳躍？

能量是中性的。

我們的肉體都會死去。

每個人在不同的年歲以不同的方式離開人世，但我們的靈魂生命依然繼續，我們回到天上的家為自己這次在地球的表現評分。我們的肉體生命雖告一段落，精神上的影響力會持續。

肉體死亡後，靈魂會去什麼地方，相當程度地受到個體生前的信念和信仰所影響──你看到的會是你預期或你下意識認為自己該去的地方。這是為什麼建立一個正確的死後世界的觀念如此重要。

因為不單活著是幻相，死後也會有幻相。

當靈魂不知道或不接受自己的肉體已經死亡，沒有順利回到死後的世界，他們就成了一般所說的鬼魂。

靈媒有所謂的敏感體質，但有敏感體質，能看見或感覺到阿飄的人並不等於靈媒，也不一定可以成為正確傳遞靈界訊息的窗口。

能與鬼魂溝通的靈媒（medium），通常都負有引導迷失的靈魂回到該去的地方的任務。也因為他們能與已到另一個世界的靈魂溝通，他們最重要的功能是為往生者及在世的人搭起一道溝通的橋樑，為在世者提供另類撫慰，並增加對生命真相的瞭解。

此外，就是幫助那些因強烈的情緒依附而不願離開人間，或因死亡來得太突然/劇烈而感到困惑，不知自己已失去肉體生命的靈體回到他們該去的地方(靈界)。

所謂的孤魂野鬼滯留人間對人類不是好事。他們會影響人的能量、情緒、健康與判斷力，所以幫助這些仍眷戀人世的迷途靈體回到光中，也是幫助地球。

一些不中聽的話：對玄妙事物有興趣或天生敏感體質的人，請常提醒自己不要過於情緒和感性氾濫，因為那反會蒙蔽自己，也連帶誤導信任你的人。請誠實面對自己，不要用外在他人的不當吹捧來肯定自己，不要說些自己都不確定的事，多充實相關知識，培養並運用辨識力。

敏感體質也表示易受不光明靈體的影響及暗示，若不訓練辨識力並修養心性就一味急著表現自己，只是淪為另一個世界的「玩具」，或被自己閱聽的殘留影像及幻想力擺弄。真實與虛假僅一線之隔，不要被小我愚弄了。

虛榮是小我的另一個面貌，一如妒嫉和恐懼，都要努力去克服。

一個過於刻意的心只會帶你遠離真相，不論是刻意表現自己的不同，還是刻意追求別人的認同。

每個人的共同任務：降伏自己的ego。

不是所謂靈性工作者就是靈性的。

光行者也不必然會選擇或必須選擇做專職的靈性工作者。

光行者不是以職業別區分，而是以心靈的亮度、行事的動機、內心擁有的愛，以及對自我意識的覺察度來分辨。

光行者沒有高人一等，他只是比其他人多了些對靈性的領會，擁有比較清晰的靈性記憶，而這些領會是要實踐在生活裡的。

如果你覺得受到召喚去療癒他人，想要解決這個世界的社會和環境問題，相信靈性是所有問題的解答，有股書寫、教導或是諮商他人的衝動，而且你知道，你在這裡是為了一個更高善的目的，即使你不確定那是什麼，或是該如何實現....，你，就是光行者，也就是光的工作者。
——這是《靈療・奇蹟・光行者》封底關於光行者的說明。

相對於光行者，偽光行者就是以光與愛包裝，把身心靈當成產業想大撈一票的人。他們的共通點是不誠實、沒有良知，因為他們利用人們追尋靈性的熱忱欺騙。

這樣的人是可悲的，不論是在現實生活還是靈性工作上的不誠實，反映的都是不尊重自己；也因為下意識地看輕自己，不看重自己的價值，才會不把自己的話當一回事，或為引人注意信口開河。這樣的人由於內心不覺得自己值得信任，因此口上再怎麼說得頭頭是道，行為都難禁得起檢驗。

許多光行者並不是以靈性工作為生。事實是，光行者隱身於每個職業。任何職業都可以是光行者。只要行事正直真誠，透過工作和生活散發愛、關懷和正面能量，使人們在互動中感到溫暖、療癒、啓發，以至靈性成長，都是在做光行者的工作。

65

有些光行者忘了自己來地球的目的，甚至沒聽過光行者的概念，但這一點也無損於他們身為光行者的本質。

反之，有些人看了不少心靈和新時代的書，嘴上說得很是唬人，但真實的他們，不論是道德或誠實度卻是會讓人跌破眼鏡。在人類社會裡，人前一套人後一套的很多，在身心靈領域，這樣的人也不會比較少，正因為有心術不正的人看準了身心靈可以是快速累積財富的「產業」。

當一個人是為了錢而付出虛假的關愛，當從事心靈工作的背後動機是物質名利，當出發點是為了被崇拜或認可，抱歉，這就很難「靈性」了。

只有不為名利，不為什麼地去做，才能走在靈性道路的正軌上。

只有動機純粹，才能在靈性這條路走得長遠。

不是從事心靈工作的就是光行者。當靈性成了謀生的工具就容易變調，因此更要謹慎，更要謙卑自省，不要讓小我有機會張牙舞爪，否則反而容易偏離靈性之路。

光行者不會藉由操控他人的恐懼獲取自己的利益，不會以大師的姿態出現來滿足小我的虛榮與掌控慾。不會檯面下做見不得光的事，不會凡事以金錢為目的，或以名利光環的獲取為考量。不會為達目的不擇手段；不會用目的來合理化手段。

如果有人以靈性工作者或光行者自居，卻仍對人類的競爭與名利遊戲有興趣，他們就不是真如他們所說的重視靈性，他們只是在趕流行熱潮撈錢罷了。

神棍的普遍和吃香，反映的是多數人欠缺辨識力和智慧。有時會很感慨為什麼在靈性路上有這麼多人看不清真假虛實。人們的盲目參與，助長了負面力量和暗黑勢力的擴散。不要被表相矇騙了，要學習看穿人事物的本質。

人類現階段的挑戰與目標是提升心靈層次，
但達成的希望並不在靈性工作者或自稱的光行者、
靛藍成人、水晶小孩等新人類，
而是在每個心地善良、行為正直、看似平凡其實不凡的你。

人類社會的希望在每一個人身上。

我在《靈療‧奇蹟‧光行者》和《靛藍成人的地球手冊》裡的「園丁的話」清楚說明我的想法：請不要把地球新血（初次投胎地球的外星人）、光行者、水晶小孩、靛藍小孩和靛藍成人等等這些名詞標籤或優越化。

每個人都是獨特的，都是與眾不同的，每個現在在地球的靈魂都有他的原因，每個靈魂的課題和想體驗的情境也各有不同。這些名詞只是點出了這些靈魂群組的特性。由於性格裡的正直利他與追求正義公平的天性，他們厭惡虛偽和唯物，也能看穿人性的虛假，因此他們常對這社會有適應不良和格格不入之感，也容易感到孤單。

討論這些具有使命的靈魂的性格，除了幫助人們了解不同特質的靈魂，幫助這些靈魂認識自己——知道自己不是怪胎，知道自己不孤單——也希望能減輕他們的憂傷與疑惑，進而喚醒他們執行在地球的使命。

若你認為自己帶有光行者或靛藍靈魂的特質，就請努力在這充滿虛假的環境裡，勇敢發揮性格裡正直、忠於自我和不盲從的特性.....同時，訓練自己分辨真偽的能力。不要一聽到有人講愛講光，把外星或靛藍靈魂掛嘴上，就以為遇到了同伴。

請記得，一定要聽其言觀其行，用常識判斷，不要讓你對靈性的熱情反成了助長「偽光行者」氣燄的工具，不要讓你的光反被暗黑遮掩。

今天人類的靈性危機，不是來自對靈性不感興趣的人，而是把靈性知識當炫耀、當光環、當發財工具，以及自以為開悟的人。說白了，靈性進化的阻礙之一在於那些只把「光」當名目，為了金錢可以背棄良心的偽光行者。

偽光行者是靈性的負面示範。這樣的角色在地球歷史一直存在。譬如亞特蘭提斯後期的祭司。這些人當中也有一開始立意良善，但在過程中 ego 失去平衡，變得自大、把物質看得比心靈重要，因此開始有求名爭利等偏離愛與服務的行為產生。

人類心靈提升的希望不在心靈導師，不在嘴說心靈運動卻把身心靈當生意經營的人，正正當當營利的生意人比說謊成性的「身心靈工作者」道德高尚太多。

那些動機不純，目的在於名利，又想藉光環滿足虛榮小我的人，不但傷害自己的靈魂，也只會讓更多人對人性失望，甚至讓某些人因灰心而否定新時代思想和外星訊息的正面價值。喜歡藉靈通故弄玄虛，還有為名利不擇手段的偽光行者，還可能因傳遞錯誤或片面訊息而誤導個案的決定與人生。

奉勸這些人，若那麼想傳遞靈性訊息，想當心靈導師，第一件事就是要能以身作則，試著去實踐那些從各方引用來的道理，要不，表面上不論看似多神聖的話語都會見光死的。

我真心覺得，到頭來，人們將會發現，那些不過度狂熱於靈通（凡事過於狂熱就易走火入魔）、不一窩蜂追逐大師，不盲目參加各類靈修課程和活動，而能在平日生活中真誠待人、踏實做事的一般人，才是地球轉化與提升的最大力量與後盾。

人類社會未來是否更好跟有沒有花錢靈修無關，只要每個人誠實、善良、好好踏實過日子就已足夠。

對新時代思想的錯誤認知。

每看到有人為了合理化自己的無理行為，斷章取義或無限上綱、擴大解釋 New Age 思想的重要觀念，甚至當作自我防禦的攻擊理由，我就更確信，如果一個人不願試著去馴服小我、誠實面對自己和這個世界，那麼不論讀了再多的好書，知道再棒的訊息也是枉然。

我所觀察到的最被誤解和誤用的觀念之一就是「批判」。這個詞幾乎已成了用來堵人發言權的最佳和最有效詞彙，即使他人是出於善意的溝通和陳述，只要是不同的看法和意見，全都可以被扣上「批判」的帽子，說謊或獨斷者因此得以「義正嚴詞」地繼續歪曲事理，不論自己說的話多不合邏輯和無理，只要抬出「你這是在批判」或「這是你自己的投射」使異議者噤聲就好。

我也注意到喜歡用這帽子來扣人的，行事常雙重標準。自己批判叫直爽，別人批判就像犯了什麼重罪似的。

我理解這種虛偽和雙重標準在現在的社會算是常態，但在身心靈領域還那麼囂張，讓我覺得份外諷刺。

我也瞭解，任何教導只要遇到了不求甚解或心性不純的人，就會被扭曲真義，這點屢見不鮮。只是看到某些自稱靈性工作者不怎麼有良知的行為和對說謊胡扯的高度愛好，我除了覺得不可思議，也感到憂心。見微知著，也更體會為什麼有些資料在人類心靈純淨未達一個程度前，是不適合傳播的。因為只會被居心不良的人為私利或因一知半解而濫用和誤導，反造成靈性上的傷害與倒退。

若沒有謙遜的態度和實踐的意願，再多的知識和訊息也只是豢養並壯大了小我，要談心靈的進化無異緣木求魚。

二元的迷思。

我常感慨有些喜歡標榜自己靈修的人，往往有個強大的小我，在觀念上偏執不說，行事也常有偽善的影子。

譬如說，他們認為，討論或是去證明事情的是非對錯會因此將能量聚焦在對立上；不但鮮明了二元性的對立主張，也會影響對人的寬容。他們因此刻意規避是非對錯的討論，天真地以為那樣就是評斷。看到不合理或不道德的事不但不質疑，還認為如果追根究底，就是不夠寬容。

在我看來，這實在是思考不夠深刻，對二元的意義不了解才會有此錯誤認知。他們以為區別是非就是「分別心」。事實上，**區別是一種辨識力**，它不會影響寬容和慈悲心。而寬容和姑息卻僅一線間。

黑與白、是與非、希望與恐懼，這些不是絕對的二分法，它們是三次元裡用來比較的相對法。就像寬恕，它是二元世界裡對應愧疚的詞彙。然而，寬恕的真正與終極對象並不是別人，事實上，也沒有別人。在上帝的眼裡，我們是一個整體。

在三次元世界裡，寬恕的最重要意義是要學習寬恕自己。如果我們無法寬恕自己，也就無法真正寬恕他人。

如果相信愛，知道何謂愛，就明瞭在愛裡並沒有對立。而讀這些心靈書不就是在提醒自己，我們都是光，都是為愛而來。

二元世界並不表示對立。愚昧的人類往往陷入文字框框而不自知，以為二元就是那麼絕對的是與非、黑與白、批判與不批判。

指出事實與陳述事件真相並不是評斷；**鄉愿和毫無是非原則的濫情包容並不等於愛。**

「不評斷」跟「不分是非」是截然不同的兩回事，若連這基本邏輯都想不通，不如先把書放下吧。偏執的腦袋無法領會超越字面的意義，反而會曲解與誤用。就像盲目追求通高靈通外星訊息，很有可能走火入魔，吸引不懷善意的負面能量體一樣。

執著於文字的人認為，談是非善惡是強調二元性。然而，這地球不就是二元世界的體驗所？

而我們在此，為的就是要從二元中做出選擇。用二元或二分的說法來壓制對善與惡、是與非的評論和辨識，是很無知的。

因鄉愿和姑息而建立的表面和諧也是虛假的。

將包庇誤以為寬容，以為愛就是姑息；事實上是活在集體的虛偽「合一」假象裡。

「一」是整體，是愛，是和諧。所以凡侵略、傷害、自私、虛偽、雙重標準的行為，都已經嚴重偏離「一」，更如何奢談「合一」？

合一的意義既是一體，實現的方式很簡單，不就是己所不欲勿施於人？

若不能在平日生活裡應用將心比心的簡單道理，花錢上再多的靈修課程，付費學習再多的法門，都只是捨本逐末和滿足小我的遊戲罷了。

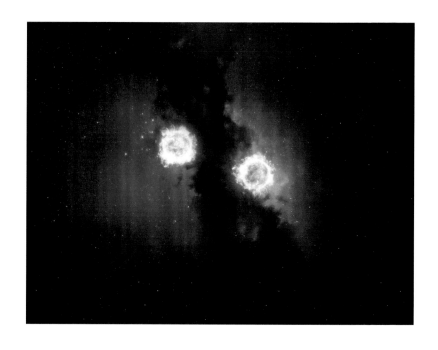

地球本就是二元世界。
二元世界的意義是在兩元中做出選擇；
做出能彰顯「你是誰」的決定。
也可以說，這是個測試你的「選擇」的星球。
選擇什麼？出於什麼動機？

生命是不斷選擇，不斷體驗的過程。從靈魂擬定人生藍圖開始，到以肉身形態在這裡運作，每一天都充滿了各式各樣的選擇。從早餐吃什麼、看的電視、閱讀的書、來往的朋友，以至職業、伴侶、政治態度……人生根本上是由大大小小不斷的選擇和這些選擇的結果所構成。

有時我們會覺得自己做出某個選擇是出於「必須」或「不得不」，好似沒有其他選項。可是，如果我們不願意，沒有人可以逼我們做出任何違背我們自由意志的決定。

那些出於非自願的感覺，常是因為沒有真正認識自己和自己的力量。

人們太習慣從一定的角度或立場看事情，因而沒能看到存在於不同角度的選擇，但沒看到或沒想到並不等於別的選擇不存在。也有時候是因為別的選項太陌生，對它可能的結果沒有把握，而我們並不想將自己置於「未知」的狀態。

也有時，因為在意他人的眼光，寧願犧牲自己的真實意願。

每個選擇裡又有太多變異，不同的人面對同樣問題，即使做出同樣選擇，都不必然是出於相同動機。

然而，無論思緒過程多曲折，仍然是自己的選擇，是在自己腦袋裡經過思考和分析後所做出的決定。正因為我們能思考，正因為再怎麼說，做選擇的都是自己，所以我們的確擁有力量和連帶的責任。

我們要相信自己的力量，也要善用這個力量，不要因為害怕做選擇或做錯選擇，而讓別人來為我們決定。

不選擇也是一種選擇，放棄選擇也等於放棄力量。

Every choice comes with a consequence. 每個選擇都有後果。如果我們能勇敢接受任何結果，就不必害怕做出選擇，也沒有所謂錯誤的選擇，因為我們總是可以從 consequence 學到些什麼。

如果我們能看重自己的力量，就不會覺得自己選不選擇無足輕重。

上帝賦予我們最珍貴的禮物之一就是自由意志。透過自由意志，我們可以選擇體驗無限或侷限，而每一刻我們都有力量選擇改變。

珍惜你的自由意志，珍惜你選擇的權利。

"If you win the rat race, you're still a rat."
這是美國作家 qindlen 提到她父親提醒她的話。我非常認同。

地球人的名利與權勢遊戲，基本上就是一場 rat race。
贏了 rat race，輸了靈魂有何意義？

不要搞錯了，累積名利從來不是靈魂的重點和來此的目的。
就算賺再多財富，沒有一分一毛帶得走。

不要那麼短視近利吧！為了短暫的物質和名聲，犧牲了靈魂
的目標，然後生生世世被困在地球煉獄，太不智也太不值得
了。

賺取金錢在地球是必要的，每個人也都值得過舒適和美好的
生活。但不要忘了取之有道，更不要忘了財富的意義是把它
當做行善的工具，在於幫助這世上需要幫助的人事物。

這幾年來，地球氣候反常造成的天災讓人類意識到大自然的威力，也終於讓人類開始思考和反省。

大自然的力量無所謂好壞，它純粹是能量的釋放與平衡。然而，災難的發生從來都是意義深遠，因為每位參與者都以他獨特的方式為身邊的人和這個世界留下一些影響和提醒。譬如說，讓世人以不同的方式看待生命，較懂得惜福和感恩。即使是突如其來的死別都有旁人難以理解卻非常積極的意義。

越來越反常的氣候，越來越密集和嚴重的災難都在傳遞同樣訊息：我們必須學習調整自己到一個驟然離世也沒有憾恨的狀態。

每一次災難的發生，都會有令人難過的故事和淚水，但每一次的災難，也讓我們看到關懷與互助的偉大與美好人性。

對我來說，災難無非是在提醒：
每一天都可能是結束；每一刻也可以是新的開始。

是的，無常是宇宙不變的定律，每一天都可能是結束。

只是，健忘的人類真的從苦難與悲劇中學到了什麼嗎？

我們的省思是不是永遠只有三分鐘熱度？

我的意思是，我們或許知道了要活在當下，要不分彼此地互助。

我們領悟到，愛，才是最重要的。

但是，我們有做到嗎？

知道和做到是不一樣的。也或者我們做到了，但又維持了多久？

人類的忘性真的很重，如果不是的話，這個世界現在也不會是這個景況。

我相信靈魂不死。但來到了地球，處在軀體裡，就得面臨生離死別。這實在無奈又不怎麼讓人喜歡。

我也相信，這麼辛苦的事，不會沒理由發生。不論是被困，還是來協助，之所以在地球一定有原因。

雖然每個靈魂來此的目的和設定的體驗並不相同，但從集體意識，從源頭的角度來看，如果不是愛，為什麼要來這麼一遭？

是的，我們都是為愛而來。

很難想像，也很難相信，是嗎？

生命的過程有時的確令人感覺像是受苦的圈套，然而設下圈套的不是別人，正是自己。而我們所體驗到的那一切癡迷困惑，都是為了讓自己經歷業力洗禮的玫瑰陷阱；這就是人生，靈魂預先設定了在此要面對的狀況和困境，目的是體驗、選擇與轉化。

我們為自己安排了種種情境，經歷衝突、掙扎、試煉與矛盾，除了體驗和學習，也為了測試自己在二元世界是否會為俗世的財富與名聲，犧牲了正直與愛？而沒能從過去學到的，將無可避免地再次經歷，重新選擇，直到過關。

是的，我們在此就是要學著去愛、去付出、去接受，並且，學著平衡。(地球所提供的課題之一，就是在心靈與物質間取得平衡。)

學著讓愛引領我們取回內在的神性傳承，回到最初的光的懷抱。

耶穌就是最好的典範。祂給人類的最大啟示就是：我能做到，你們也能。

不必當什麼導師
自始至終，你們要救贖的只有自己
除此無他
你們所要療癒的從來也只有自己
當每個人都負責自我的療癒
這個地球自然療癒

每個人只能為自己的靈魂，對自己的人生負責
你們，就是自己的導師

每個靈魂都是創造者的火花，因此每個靈魂都具有創造的力量。是創造善還是創造惡，決定都在自己。

每個人的行為與言語也具有想像不到的效應，真的不要隨便忽視或看輕自己的力量和選擇。

拿宇宙花園來說，《迴旋宇宙續曲》至今沒出版，坦白說，跟網路上氾濫的非法上傳盜版有很大關聯。真正關鍵的一刻應該是當我看到對岸某貼著非法下載連結的微博有人回應「聽說宇宙花園還會出迴旋宇宙續集」時....，那刻我的感覺真的很糟。相信我，這種對續集的「期待」心態與「對待」的作法，對宇宙花園絕不是正面的鼓勵。

我有種東西還沒完成就已經有人虎視眈眈，蓄勢想偷的負面感受。是的，書都還沒完成，小偷就打算到時要來偷取，我想，我的心靈在那剎應該是受到了不小的驚嚇與打擊。我當下在心裡對那些人說，你們這樣我還敢出嗎？

那一刻起，我發覺我在製作和出版這系列書的快樂已某程度地被剝奪與影響。但我知道我不該讓自己有這樣的感受。沒有人可以剝奪我的快樂和做書時的開心。

無論如何，我還是放慢了腳步，我覺得必須要先療癒自己內心的傷口。(沒錯，單是看到卑劣的人性，對人性極端失望，也會受傷。) 我不禁想，盜貼情況這麼嚴重，看這些書，對身心靈有興趣的人對基本的是非觀念不清，而且能夠如此自然地做出或接受小偷和強盜般的行徑，表示有不少人是只唱

靈性高調，把靈性資訊當成裝飾品，或想藉讀這類書表示自己的特殊，而不是真把書裡訊息看進了心裡。那麼，出版這些小眾書的意義在哪兒？這些書能幫助誰？

在此，我必須要說，我收到一些讀者來信，提到《地球守護者》和《迴旋宇宙序曲》帶給他們的感受與撫慰。我很謝謝他們讓我知道這些書發揮了它們存在的意義。我也瞭解到，確實有人因這些書受益，而且許多善良的同類是低調不太發聲的。

總之，由於心理面和實際面的因素，我放空自己一段時間，先把迴旋宇宙續集擱著，我知道，我必須先整理，或該說，修補好自己和宇宙及人性的信任，才能繼續下去。

一般人可能很難理解，覺得這只是件小事，但對一個很容易就被負面人性裡的無恥和蠻橫驚嚇到的靈魂來說，在心理面上，我必須找回堅持理想的力量，在實際面上，繼續出這些書的理由。我必須在對人性的極度失望中，仍不放棄對宇宙的信任。

這或許，就是我要經歷的課題。

是的，如果我在這次人世學到了什麼，那就是即使對人性失望至極，仍不放棄對宇宙的信心。

我領悟到，真正的信仰是相信神，相信自己。

而現在，在寫這些的當下，我想對那些大言不慚地用虛偽的「分享」來包裝強盜行為，還有那無恥的某身心靈業者說，你們可以打擊我對人性的信賴，但摧毀不了我內心喜樂的泉源。

為什麼不循正當方式在網路購買實體書或電子書，非要做這種傷害別人權益和自己靈性的事呢？這樣下去，就算看再多這類書，但侵權偷盜的行為會使人類靈性提升有希望嗎？如果連基本尊重都不懂，談什麼靈性？

閱讀靈性書、口說靈修和經營身心靈工作的人，照理說不是應該更懂得尊重與誠實？不是應該更有同理心和道德感？為什麼反而會有這種為達目的不擇手段的心態？

就算讀再多心靈書，說得一口好理論，這樣的行為對靈魂一點幫助也沒有。不要拿什麼「一」，什麼「分享」來合理或崇高化那卑劣的行徑。如果連分享與侵害他人權益都分不清，還奢談什麼覺醒？

不論台灣或大陸，違法侵權和非法上傳下載的事件層出不窮，真的令人疲憊。我不禁想，這些人若連人與人之間的基本尊重都做不到，知道再多宇宙奧秘又有何用？

因此之故，我放慢了腳步。有些話要先說清楚，說完才能繼續，後續的書才能有它最大的意義。

我想，絕大多數在網上非法上傳的人，並沒去思考自己的行為可能產生的連帶效應。也因此，我真的要語重心長地提醒：每個人都有影響力，大家要善用自己的力量，善用珍貴的自由意志。

自由意志伴隨著責任，這兩者是不可分的。

自私、冷漠、鄉愿、偽善、和稀泥，對這個世界一點幫助都沒有，而且等於是將自身的力量間接給了負面勢力。沒錯，負面的暗黑勢力確實存在，它就是被人類的恐懼、貪婪和各種形式的暴力及姑息餵養。

有人曾寫信給我，以「一」的說法，要我寬恕侵權的人。看信後，我好奇他有沒有寫給侵權者，去要求他們尊重別人？

其實，對我來說，沒有記恨何需寬恕？

那是他們與上帝的事，是他們與靈魂的事。

我只是表達我的想法，說出我覺得不公平、不合理和不對的地方，我體驗因此而生的情緒，包括生氣、難過，對人性的失望和灰心，然表達完、感受完、處理完，此事對我就當告一段落。(這書某程度說來，也是一個情緒的處理與完成。)

那些不懂尊重還歪曲事理的侵權和非法散播者，並不需要我的寬恕，因為我根本沒有怨恨，我只是習慣把道理說清楚，我不喜歡姑息養奸。他們不需要我的寬恕，他們需要的是寬恕自己無禮且蠻橫的行為。

如果把這想成是他們的靈魂所設定的挑戰，只能說他們又fail 了一次。

他們可以選擇不一樣的作法，只是又再一次選擇墮落。

給 copycat。

是的，我瞭解你們都想做些什麼，你們都想在這場人類提升的劇碼裡扮演著一定的角色。我理解你們對自己的創造力沒信心，卻又想有參與感。然而，你們的存在就已是參與，你們若能展現對人的尊重，那就是最好的參與。

要透過非法及傷害靈性的方式來參與是悲哀的。因為你們輕忽了自身的能力，也貶抑了靈魂的潛能與價值。網路盜貼跟到書店偷實體書有何不同，不都是不告而取，不都是偷竊？你們是如何能把這種偷盜行為自我美化為「分享」或「自我的創作」？

當你們取巧，貪便宜地用他人的文章構成自己的部落格內容吸引瀏覽量，當侵犯別人的心血還大剌剌說著分享，只顯示了你們雖然閱讀身心靈書，卻不懂靈性的真義。要不，也不會做出這麼不自重重人的事了。

不必藉由不是自己的東西來吸引眾人注目的眼光和認同，只要能尊重別人，能對自己誠實，這比讀再多書、有再多盲從者跟隨、有再多粉絲或學生、知道再多宇宙奧秘，都要來得實在，都對你們的靈性提升來得有幫助。

為獲得別人的讚美或感謝，剽竊不屬於自己的東西，或將偷竊美名為「分享」，為了小我的虛榮，犧牲靈魂的榮耀，讓靈魂的光黯淡，值得嗎？

給盜版始作俑者。

你說因為書的訊息太棒了，要與人分享，然而你的方式不是在微博分享心得，不是摘錄部份內容討論書中概念，也不是鼓勵購買，而是全書掃瞄上傳讓人下載，並把連結散佈到相關論壇 / 網站。

我鼓勵你自己寫，寫下自己的想法，把你的微博人氣用在正面的影響上。你的回覆是如果你有知名度就會這麼做。(所以，你是在用名氣肯定自己是否有表達自我的資格？)

你選擇用侵權散播的方式來參與，來進行你認為的傳播光與愛。大家因此感謝你，稱你為「天使」。

我從不知道「天使」會偷盜。

我也不知道熱衷非法下載這些心靈書的人是怎麼了，如果不是為心靈成長，讀了的意義何在？如果閱讀後不能更有同理心、更正直、慈悲、更懂尊重、成為一個更好的人，那麼，讀了又有何用？宇宙花園的耕耘又是為了什麼？

給散播盜版者。

你們說,這樣的好書要讓更多人看到,於是下載後又紛紛上傳到網路硬碟供人下載,或貼出連結,或乾脆整本書貼出。而後又有另一批缺乏版權概念的人下載後再天女散花式的「分享」。

下載上傳....下載上傳....無止盡的下載上傳....每個下載與上傳的動作都是蠻橫與粗暴。我寧願你們是不讀身心靈書的人,因為看這些書還講歪理,還說要提升人類意識,是讓我覺得諷刺,讓我最痛心和難過的地方。

喜歡一本書就是要這麼殘忍傷害一字一句耕耘的原作者、譯者和出版社就是了?

這就是你們傳播愛的方式?你們所認為的光的作法?

如我在網站對宇宙花園出版品有興趣的大陸讀者所說，任何善念都不會白費。

當你們付費購買或發揮道德勇氣制止網路上的非法刊載，你們便是在用實際行動支持作者，支持宇宙花園的默默耕耘，支持世界某個角落需要幫助的人，更是支持你們自身靈魂的成長。

你們尊重版權的心意與行動，絕對會回饋正面能量到這個世界。

我相信，這樣的良性與正面循環才是現在的人類社會所需要的；這樣的尊重與真正的分享精神也才是書裡要傳達給地球人類的訊息。

我喜歡單純的人和事，因此每看到有人說的跟做的不同，或是拐彎抹角的複雜心思，就會納悶人心為什麼不能單純些？

多數人類是虛偽的，也習慣了虛偽，他們說的、寫的，跟真正的他們並不一致，人們卻常只看到表相，也或者認為表相是重要的，只在意表相。然而沒有了真誠，說再多冠冕堂皇的話仍是虛假。

當人類頻率提升，我們將漸漸擁有靈魂原有的能力，讀心的能力是其一。有了這樣的能力，欺瞞的意識怎麼也掩藏不了。

這是我為什麼希望地球能儘快成為一個大家能心靈溝通相互感應的地方，這樣就不會有瞞騙，（就算有人想騙也騙不了）也不必看到一些似是而非的詭辯論調。

我真是對人類說一套做一套的虛偽感到厭倦。

集體的心靈提升將會帶動自發性的社會改革，這樣的變革將使人類的政經朝向以公平、分享、互助、人道與服務為主的制度發展。

靈性本就在我們每日的生活裡
我們的靈性透過我們怎麼生活
如何看待和對待周遭的人事物呈現

靈性高低與參加過多少身心靈工作坊無關，靈性更與職業無關。

透過所說的話、所做的事，每個人把靈性帶入工作和生活裡；這才是真正的靈性，才是一個社會裡靈性提升的指標。

在一個真正靈性的社會，身心靈工作反而不會被強調，因為，每一個人都是在為靈性服務，每一個人，無論是從商、從教職、科技業、服務業....各行各業，都可以是靈性工作者。

沒錯，只要正直行事、誠懇待人，不論什麼職業，每個人都是在為靈性的提升服務。

當我們相互尊重，以真誠、善意對待他人，我們就是在行光之道。

不是非得當什麼靈療師或從事和身心靈有關的工作才是光行者，這是很大的謬誤。

不要被文字限制住了，那只是個名詞，重要的是本質，做事的動機及心的本質。

賺錢與靈性並不衝突，只要正當正派，取之有道。但不知道為什麼有些單位/人，明明是在營利，卻愛想些靈性名目撈錢，順便賺形象。是因為打著公益或靈性的名號，錢會來得比較容易嗎？

服務雖然是靈性事務的本質與精神，但靈性事業跟金錢並不衝突，只是有些人的動機不純正，個人名利野心大過服務群眾的心，（如果不要愛唱高調，或許給人的反差感也就不會那麼大….），也有些人不單想賺錢，而是想賺大錢，於是假借名目收取高額費用。公益和靈性因此成了身心靈圈沽名釣譽者擦脂抹粉的工具。

我向來反對用靈性和公益名義拗人做義工或要求免費資源。在我認為，這種以「共襄盛舉」拗資源與人情，某個程度是在犧牲他人成就自己。犧牲別人（或美其名為義工）的時間及其應得的收入，來成就自己的好名聲或理想，但這樣一點都不符合公益的意義。

公益的目的是要幫助弱勢，所以執行公益的過程就不該有任何類似剝削或拗人的情況發生，要不，不就等於在製造「弱勢」？

做公益或是成就自己的理想也不該存有大家都應幫忙或指定誰來幫忙的心態，應該是對方心甘情願或認同議題而主動支

持參與。這樣，大家為同一個目標無私奉獻的精神就很感人。這也是實現以公益喚醒大家的同理心的目的。

但常常就是有人喜歡用公益或幫忙的說法，軟性要求別人配合，多數人為不傷和氣或背負自私、沒同理心的惡名，或就是不好意思開口拒絕，只好被拗做白工。

我的想法是，要做公益或有心傳遞資訊/知識，理應是自己或和志同道合的朋友一起拿錢出來，而不是以其個人所謂的「理想」為目標，卻是要眾人齊力付出幫自己達成。(這比較像是在變相佔人便宜。想想，會佔人便宜或喜歡佔人便宜的人，會有多靈性多公益？)然後有些人還會把所有的榮耀都歸自己...(更不靈性...)。我認為口說公益或理想卻要別人出錢或做白工，非常違背公益和靈性精神，基本上也已有偽善的影子。

以正當商業行為的收入，投入在支持公益團體上，這才是真公益，而且有道德。比起舉著公益大旗拗人做一堆事，或是募款到自己口袋，有時候，商人/企業家確實比某些口說靈性的人的賺錢方式還來得光明正大和正派。

寫到這，我想說說這兩年觀察到的怪現象。我曾看過某位自稱通「高靈」的人士的部落格，把推廣自己的「療癒」課程說是公益活動。我很訝異，明明是商業促銷，怎麼會是公益呢？只因這次的活動降低費用，但仍是直接匯到她戶頭，她也沒有提到要捐給慈善機構。分明是她個人的活動宣傳，我不懂，這如何能跟公益扯上邊，因為錢收多收少，不都在她

自己的口袋？哪裡公益了？難道她就代表公益？還是她認為她做的是慈善事業？

收費解讀和靈療是公益事業嗎？對靈性有興趣的人或團體是弱勢嗎？為什麼總有些人以為靈性活動是公益活動？如果這些人真認為靈性是公益是慈善，為什麼還能收高費？

話說回來，我不知道別人看到時是什麼想法，或許不以為意，但對我來說，除了質疑外，我還看到這樣一個明顯的商業促銷活動，當事人居然能自我說服和美化為「公益」，這要有多強的小我和自我欺瞞，才能如此。

一個小我/ego強，或公益商業的定義都不分的人，你要如何信任她是正確解讀訊息，而不是光用些制式的療癒程序和文字就籠統地呼攏過去。而高靈又會選擇ego強（換言之不客觀）的人當傳訊者嗎？

我非常非常懷疑。

此外，此人的通靈解讀還要求個案事先提供出生年月日，美其名為建立基本資料。我不明白，究竟是怎樣的「高靈」會需要知道個人的出生年月日？而且還不接受當天預約，要三天前約。也就是事先一定要有你的出生日期，而她也要不便使用電腦者先以電話告知，這些事先須提供的資料為什麼對一位號稱可通「高靈」者那麼重要？以我簡單的頭腦來想，我覺得非常有作弊的機會和可能。有了出生資料就可以使用國內外一些占星網站提供的免費星盤服務，得知八九不離十

的個人星盤（還附分析說明）。星盤會透露個案許多外在世界和內在心靈的線索，雖然沒有出生地和時間，但基本輪廓是被掌握的。

這可能是為什麼找她解讀需要事先給基本資料的原因吧。因若真為建立資料，解讀完或療癒完再填寫不也可以？

我相信高次元能量體、天使和指導靈的存在，也相信通靈。但這位人士的種種，太啟人疑竇了。

我也聽過這位自稱通「高靈」者所辦的活動情況，更確定了我的看法。只能說，在整個場子還有小孩哭鬧的狀況下，放放冥想音樂，說一些據稱是「高靈」現場傳輸的話（但內容也就是新時代書上都可看到的愛和正面陳述等等之類），這樣能療癒靈魂，還真....

再說一次，「高靈」真要傳訊，不會以收費的形式，真正的高靈也不會收費才做解讀或集體療癒，請大家務必要認知這點。

「高靈」乙詞被濫用，有些人或許是圖方便，有些人或許是不清楚定義，但也有人的心態是利用「高靈」乙詞虛增自己的份量。這樣的心態，顯示的是強大的小我（ego）作祟，即使有通（指導）靈的能力，解讀的正確度也會被小我扭曲。

難道這社會真有那麼多人，看到有人抬出「高靈」或「公益」兩字，就會無條件信任或無限感佩？這些搶錢不眨眼還滿口

靈啊光啊愛的人，事實上是在傷害自己的靈性，也在誤導別人。

再說幾句提醒的話。若要做公益做慈善，我們每個人都能自己做。我們可以直接捐錢、捐物資給需要幫助的弱勢團體，還有真正在做事，會定期在網站或刊物公佈帳目明細的具公信力的慈善組織。

你們還需要什麼‧還在尋求什麼呢？
一直以來，同樣的光、不變的真理，
就透過不同的文化和語言闡述宣揚，
所有該知道的知識都告訴你們了，
只是你們信與不信，是不含偏見的接受，還是扭曲的詮釋？
你們已經有了一切必要的訊息與知識，
靈性能否提升要靠你們親身力行，
單是擁有知識對靈魂進展並沒有助益。

人類的問題永遠不在知不知道，而在能否做到。
所有閱讀和學習的知識與道理，最終的價值與意義都在運用和實踐。

光與暗的差別在於良知。

我曾經以為一個人喜歡閱讀的書類多少可以反映那個人，但這兩三年來旁觀身心靈圈的亂象，我真的要承認我的想法太天真。

除了用假高靈收費的新時代神棍外，身心靈圈某些人的品格及行事也令人搖頭。拿某業者來說，他對說謊絲毫不以為意，模糊焦點的功力和睜眼說瞎話的膽子也令我瞠目結舌。這樣的品格心性卻稱要進行心靈提升，實在很危險。

表面上揮舞著心靈旗幟，但其真實本質離服務與愛太遙遠。真正的愛與服務，不會眼裡只有利益，更不會打著公益名號卻連使用自己的場地也要參加者樂捐費用。

現在的人也好像連「公益」的意義都不知道了，公益不就是發起者自掏腰包或提供資源，自己吸收成本？奇怪的是，少有人對這種打著假公益還要求樂捐的不合理作法質疑，講靈修的人不更應說實話？不該鄉愿縱容。對靈性渴求的人若不用辨識力去分辨虛假與真實，靈性路上恐怕考驗處處。

許多人並不明白，當他們選擇對惡沉默，就是削弱了善的一份力量。

身心靈圈確實有不少沽名釣譽的人。像是媒合身心靈課程的商人，可以不避嫌到左手收課程費，右手又以協助弱勢為由成立團體收取捐款？為什麼人們不懂得質疑這樣的行為已經牴觸道德？難道只要會喊光與愛，凡事拿公益當藉口就可以了？

如果是像世界展望會、心路、陽光和罕見疾病基金會等單位，他們有完善的組織架構，有清楚明確的協助對象、目標和作法，捐出去的錢可以確保能透過他們的行政網絡幫助到特定的弱勢族群，這些慈善機構的成效也都查詢得到。

但是，這個自稱以提升民眾身心靈為目標的單位，有主動給收據和公開捐款帳目嗎？捐款的流向清楚嗎？更何況，對身心靈成長和靈性有興趣的人是「弱勢」嗎？這些人裡，不就有很多是會傻傻付高費去上靈修課或工作坊的？他們需要金錢的協助？這些錢到底是協助了誰？進了誰的口袋？

對身心靈有興趣的人不是弱勢，也不是需要被救濟的族群。更不用說在營利中心辦的活動，仍以公益之名要參加者樂捐。既然標榜做公益，為什麼不直接以組織所收的會費和捐款辦免費活動？卻還要參加者樂「捐」錢給營利單位？尤其這個營利單位又與以公益為名收費的主事者是同一人，這不是很明顯的自肥嗎？如果一直是黑箱作業，不主動對外交代捐款流向，這樣的作法很難不讓人連想是掛羊頭賣狗肉，有藉公益慈善之名中飽私囊的嫌疑。

左手以身心靈的仲介平台謀利，右手又以公益之名收款，這是很明顯的利益衝突。

真的，別鬧了！若有心做好事，很簡單。課程收費和抽佣低一點，不要再不負責的鼓吹「高靈」靈媒的活動（這是製造新時代的迷信），不要只會而且一再利用別人的創意和心血當自己的墊腳石。真正有靈性，真走在光的路上，就不會連取名都要剽竊別人的想法。不要假公益之名收營利之實，要做公益就把媒合中心的盈利捐給真正的慈善機構。捐自己的營收才叫公益。若是左手捐右手，心態很可議。

不要那麼貪婪，要名要利，又要光行者之名和慈善的光環；這絕對是未進化的地球人才做得出的事。

把話說得漂亮動人很簡單，用光，用公益包裝形象確實也可以欺矇不少盲目和辨識力不足的人，但怎麼也騙不了自己的靈魂。

真的，只要能誠實面對自己，發自內心真誠對待和尊重他人，你的靈魂就會感謝你了。

要談心靈提升，就從個人基本的誠實做起吧！

說說吸引力法則。

目前，大家談論吸引力法則，多是以獲取物質為目的。雖說在物質世界裡用心想事成和富裕做賣點會是最有效的行銷手法，但這種以獲取財富為主要動機的學習及利誘導向，事實上已經偏離吸引力法則所強調的心靈本質，而且是在助長小我的氣燄。

多數人對吸引力法則的認識都過於膚淺，如果市面上談吸引力法則的暢銷書有讓一般人活得更快樂與充實，更有同理心，更為別人著想；如果讀了能改變人性裡的自私和貪婪，那是件很棒的事。可是我懷疑是否有那樣的效果。它或許會讓許多人以為找到了什麼點石成金或飛黃騰達的秘方，但那只是短暫的興奮劑。長期而言，這樣的短期效應對心靈不見得是好事。(看看是什麼行業人手一本，就可以知道它主要吸引的族群。)

不妨自問，看了這類書，有讓你成為一個更好的人嗎？

還是閱讀時像打了強心針，覺得世界無敵？

凡以功利為出發點和誘因的東西，皆不會長久。

人們之所以想運用吸引力法則，說穿了是因為「渴望」，「想要」某些事物。

為什麼「想要」？

因為自認「缺乏」，覺得「不足」或「想要更多」。這樣的心態不正是小我的把戲？

不剛好跟「我們是完美的」，「我們已擁有所需一切」的終極真相衝突？

吸引力法則的真正意義在於顯示人類意識的運作，藉由呈現於外的事物，理解內在意識的微妙與影響，吸引力法則因此幫助我們發現自己未曾覺察的隱藏信念。

這一切其實就是「認識自己」——也是探究、了解、接受、改變的過程。這些都是向內的功課，不是向外獲取。所以若動機是為了吸引外在物質，往往效果不彰或只持續短暫。

當向內的功課完成，心靈自然滿足。

而一個滿足的心靈還會有什麼需求？

其實，《秘密》的內容從來就不是什麼秘密，多少書和訊息傳遞者都已經說了——思想就是能量，能量創造實相。也因此，發自內心的正面思考（這跟因害怕招致負面結果而強迫自己往好處想是不同的），還有正確行動是吸引力法則的兩大要素。不是單單正面思考就是萬靈丹。

訊息也說：你們的本質是光；從光裡來，要回到光裡去。

是的，我們都來自光，我們真正的身份是神的一部份，這是New Age思想裡很重要的一點，然而「我們都是神」和「我們是一個整體」的真相，似乎也吸引不少ego強大和欠缺自信的人。

只是，由於他們被新時代思想吸引的動機是出於滿足ego，也因此他們會用ego的角度來錯誤詮譯「一」和「我們都是一體」。

再提醒一次，現在是新舊意識角力，也是黑暗偽裝成光明的時期。

對靈性探索有興趣的人，除了聽從直覺，也請用常識判斷，不要一看到任何人/中心抬出公益或是講什麼虛無縹緲的光與愛，什麼「一」，什麼宇宙意識，就完全信以為真。請記得，聽其言，觀其行。不要被貌似誠懇的聲音和言論欺騙了。

話說，一些身心靈圈的人的話術與模式都跟直銷非常類似，這現象其實頗堪玩味。

有些人看了些書便以為通曉宇宙真理（甚或開悟），對於資訊完全不假思索地照單全收，不用心去體會，不去辨識驗證，就推波助瀾地傳播不正確的觀念。

也有人受限自身心性層次與創造力，卻又存虛榮的導師心態，於是取巧地將早存在的A心靈課程合併B教導，成了看似自創的新收費課程。

真理是單純的，不必拼湊而成。取巧的心只暴露了把心靈工作當成獲取名利和滿足虛榮小我的途徑。

絕大多數人類是不甘寂寞和不甘於默默無聞的。大部份的人都期待自己在鎂光燈下的時刻。

在物質世界裡表達靈魂的渴望，本就是來此的目的之一，表現自我不是壞事，但為了那虛榮的掌聲或注目，編造故事、譁眾取寵、無所不用其極，只是暴露出內心的那個大洞，那個尋找外在事物和眼光填補，卻怎麼也填不滿的空洞。

心靈的空虛使人類的行徑脫離正軌。離回家的路也越來越遠。

人類許多問題的癥結在於你們不愛自己，不能如實接受自己。總以為要做些什麼去證明自己的價值，證明自己值得被愛。

其實什麼也不用做；不必做大事，不必被人讚揚，更無需證明什麼。

我們已經是被愛的。無條件的被愛。

不必受制於那些說你必須要如何如何才能被愛的謊言。不要被別人左右你的價值與存在的意義。

放下別人對你的看法，放下你對自己的偏見，好好愛自己，不必忙著取悅他人。

如果多數人不要那麼渴求注意力，不要那麼仰賴外在事物來肯定自己的價值和存在感，這個世界就會少許多問題。

「在任何時候都要記得，你，並不孤單。」
"you are not alone."

《Dear Marko》和《地球守護者》是兩本內容完全不同的書，我發現自己透過它們在不同的時間，針對不同的對象，在封面上說的卻是同樣的話。

我想，這應該是下意識反映了我內心深處的想法吧。

每個人的內心其實都是孤寂的，無論你來自哪裡，無論你身邊是否有人，或是有再多的朋友，再充實的生活，總有那麼一刻，你會覺得自己是 alone，在心靈上是孤單的。或許，正因集體意識如此，我才有意識無意識地想告訴大家 you are not alone。

我們感覺孤單，但真相並非如此，因為我們身邊一直都有天使和指導靈的陪伴；我們每個人都是被看不到和沒能感受到的愛所包圍。

當我們感覺孤寂，往往是因為我們的心被封閉了（還有我們想念真正的家）。我們因感傷、失望或無助而影響了自己感受愛的能力。也因為多數人已經太習慣從外在世界尋求肯定、認同和愛，忽視了自己才該是那認同與愛的來源。

沒錯，我說的是自己，不是上帝或神（或不論你怎麼稱的那無所不在的存在）。因為我真的認為，如果我們連自己都無法愛，無法全然地接納，我們又要如何去感受上帝和祂的愛，更要如何去愛別人？

當我們能真正瞭解自己，我們自然而然能瞭解愛、瞭解神、瞭解 "oneness" 的意義。一個不懂愛的人，是不可能真正去愛別人的，他們很容易就會以愛之名行操控之實。

無論感受到的孤單有多真實多深刻，仍要知道且相信 you are not alone。

我們也無須扭曲自己去討好或取悅任何人，依賴外在的認同來肯定自己的存在和價值，其實是有如海市蜃樓般的虛幻不實。因為我們事實上是把自己的人生奉送到別人手上，任由他人的情緒和偏好宰制。

來到這裡，靈魂感到孤單是必然的，這很正常，而且很 ok。我其實覺得這樣的孤單有其意義，因為這樣的感受反可以開啟我們與深層意識的連結；這個孤單要求我們從內在圓滿，而不是憑靠外在人事。

寫到這，對《Dear Marko》和《地球守護者》這兩本書的出版意義又有了另一層瞭解。象徵性來說，《Dear Marko》是寫給集體意識，而《地球守護者》的訊息則是針對集體潛意識和特定閱讀者的意識。

人類之所以有層出不窮的社會、政治、家庭、經濟、國與國和人際上的問題,根源都是出在人性。自私自利、缺乏同理心和公德心、濫權、鄉愿、蠻橫、巧取掠奪、把自己的意志凌駕在他人之上……這些負面心性都屬小我的範圍,這是為什麼每個人的共同目標是要在此降伏 ego,唯有如此,靈性得以提升。

人類歷史之所以會有秘傳的神秘學知識,也就是因為人性的貪婪與卑劣。為了避免被心術不正的人利用,當人類還未開放自己的心,靈性還未提升到一定層次,驟然給太多資料,不但超過人類頭腦能理解的範圍,也會有被濫用和誤用的可能。這也是《地球守護者》所說,有些資訊也會是毒藥的意思。

不要再催眠自己和別人,說什麼 2012 是新時代的到來,如果多數人類(不要說多數人類,就光拿台灣和大陸來看吧),還是雙重標準、表裡不一、老想著自己的利益、追逐物質名利、不重視下一代的人格與道德教育、任由羶色腥媒體和政客操控影響,真是麻煩大了。

說說2012。

對於2012，我的想法和許多關心的人不同；如果太過相信驟然質變的說法，可能到時很多人會失望....

我相信2012會是人類意識加速提升的重要一年，但地球人會在一夕之間改變或成為光體嗎？我的直覺和邏輯都不這麼認為。地球將繼續運轉，身心靈工作者的考驗只會更多，因為許多人的小我更易受到名利的誘惑。其實不用到2012，這幾年這種現象已越來越明顯。

2012一近，感覺妖魔鬼怪都出來了。從前兩年開始，就有人打著2012地球將進入另一次元的說法，開辦高價工作坊和清除靈魂業力，意圖大撈一票。千萬要小心，不要傻傻地反被耽誤了回家的路。

再說一次，真有使命要來協助地球人提升靈性，絕不會用這種名義收高費。這是生意人或對靈性認知不清才會如此。這樣的作法對帶引的人和參加者都沒有益處，尤其在你們以為的靈性上。你們除了因群眾集體匯集的能量而短暫感到興奮或感動外，並沒有實質且長久的幫助。

用2012末日議題和地球變動所引發的恐懼，或藉人心對覺醒的渴望趁機謀利是不靈性的行為，尤其靈性工作者，不論是出於無知或刻意，都很糟糕。

散播末日災難和製造恐懼對人類覺醒並沒有幫助，況且沒有人說得準這地球什麼時候會毀滅。

我不相信2012是世界末日，它只是一個提醒地球人思考未來走向，提供改變的重要機會。之前有某些人，不論是利用末日說製造所謂商機，還是藉這個主題呼籲人心覺醒，然後拿教導覺醒和提升頻率來開課演說，當然，這些都要付不少費用。還好，自從有了「埔里王老師」的貨櫃屋例子，身心靈圈這方面的聲音與活動明顯小了許多。

基本上，會炒作2012話題，藉此為自己獲利，就是種投機心態。這樣的人說的話，不信也罷。若到時太陽依然升起，這些新時代的江湖術士就會說是因為光行者的努力使地球命運改變。總之，無論是什麼情況，他們都會有套應變的說詞。

真正有慈悲心和良知的人不會利用人心惶惑的時候撈一票，利用他人的失落無助撈錢是不道德的。想提升意識也根本不需要花大錢上身心靈工作坊。不需要。

那些嘴裡說得天花亂墜，要幫你提升，要幫地球提升的人，很巧的，都索取不低的費用，這不是很奇怪嗎？如果真關心人類的淨化，真關心你的靈性和福祉，為什麼要收高價？還是說，他們其實關心的是自己的帳戶數字？再者，不透過自己的努力淨化提升，妄想搭宇宙光潮的便車也是不可能的。

地球的壽命還很長，大家這輩子恐怕都看不到她的死亡。重要的是每天把日子過好，快樂有意義地過，那麼什麼時候末日，根本也不必在意了。不是嗎？

地球人的腦袋裝的東西很奇怪，色情、金錢、權力、社會地位.....嘴裡喜歡說著愛，唸著 peace，但看到不公不義之事，卻只明哲保身而不仗義執言，實在很偽善。

人類的主要問題之一在於自私自利。多數人並不是欠缺同理的能力，而是只把自己的感受當一回事，發生在自己身上才算數，這就是自私。另一個問題是濫用，濫用權力、濫用關係、濫用他人的善良、濫用地球資源.....還有盲從。許多人放棄自我判斷的權利，寧願盲隨於專精操控和曖昧言辭的人；也因為害怕被排擠、礙於情面與個人利益不敢說實話，或就是不敢表達不同於主流的意見。

社會上鄉愿的人也太多，沒人想當壞人，為了人脈和維繫虛假的人際關係，在做正確的事和做個不顧人怨的好人之間，往往選擇後者。這樣的心態使得惡人更囂張，更無所忌憚。

但是，面對不合理的事情或制度，為什麼要妥協？為什麼要屈服？

當對不合理的事默不作聲，只因它不是發生在自己或你認識的人身上，你們也成了共犯。

不要以為不是發生在你身上就與你無關，也不要把包庇當成
了包容。這個世界，每件人事都以極其微妙的方式牽引，彼
此影響著。

沉默和鄉愿只是給了惡人力量；除了給惡力量，也令自己的
光黯淡。

惡不是幻相，因為人類已用恐懼貪婪把負面幻相餵養成了真
實。善與惡共存，這也是自由意志的結果。

我們每一刻都在累積些什麼，可以是善念，可以是自私，可
以是協助，可以是破壞。

新時代書上所説「不專注在負面事物上」
並不是對不公不義的事不聞不問
前者是你如何使用你的能量
後者是假清高的冷漠
也是負面能量的幫兇

是「人」就會有想法好惡，這很正常。不必否認或壓抑，把那些當做流動中的情緒就好。

不評斷也不表示看到不公義的事要沉默噤聲。

你們的辨識力就是光，你們的良知與正義就是光。

當你們鄉愿偽善，你們和這世界的光就被遮掩，黑暗也越來越有力量。

當你們在抱怨這個世界的不公，別忘了，你如果也曾經袖手旁觀沉默不語，這世界的黑暗你也有責任。

想要一個公平的世界，我們自己行事就要公允。想要一個正義的世界，我們就要行正義的事並保護正義。想要一個真誠、善良、人道與互助的社會氣氛，我們自己就要是真誠、善良、願意濟弱扶傾。

請記得，我們來此是為了改變，不是被低階的頻率洗腦與同化。

不管讀再多靈性的書，多會引經據典，參加多少所謂的身心靈工作坊，付過多少錢讓靈魂被自稱的「高靈能量」療癒，在部落格寫了多少跟靈修有關的文章，出了多少書，信教信得多虔誠，或門下有多少盲目信徒，還是多有名氣、事業做多大、賺再多錢、認識再多名人，或受人崇拜....倘若心裡沒有愛、沒有慈悲、無法對自己和他人誠實，也完全無助於靈魂頻率的提升。

這個世界的問題從不在於我們不知道要怎麼做或做些什麼，而是我們願不願意去做。

人類的困境，小至平民百姓的基本生活保障，大至地球暖化的危機，都不是無解的題目。

辦法一直都在那兒，只是地球上每個國家的掌權者想不想那樣做，行不行動的問題。

大家願不願意將地球上所有種族/國家當成一個整體來思考？願不願意拋棄以物質取向的勝者為王心態，重新規劃一套新的，以心靈，以合作，以互助為主要精神，能夠照顧到所有人類生活需求及靈性發展的遊戲規則？

人類的問題或許看來複雜，答案其實很簡單；解題不難，難是難在如何超越私心和小我。然而，這不就是大家來到地球的目的之一？

每個人都該關心政治，關心政治是必要的，因為人類世界要進步，政治絕對扮演重要的角色。人類社會之所以這麼多不公不義的事，就是拜不當政治和多數人的冷漠自私心態所賜。現有的政治必須改變，必須符合人道精神，必須無私。政府的存在除了保障人民生存的基本需求，還負有教化和提升人民素質的責任。

遇到不合理的制度與社會狀態，如果沒有在生活中有實際作為，再怎麼努力冥想一個美好世界也無濟於事。要改變世界，一定要合理質疑、勇敢發聲、踏實行動。

行動是最有力的，行動才能產生改變。

我們必須自己決定需要一個怎樣的社會環境，我們必須拿回自己的權利與力量。

最快拯救地球的方式：整體來說是靠政治，個體來說是靠良心。

貪婪與恐懼是人性要學習克服的兩個面向。

我們在此就是要認清並沒有貪婪與恐懼的需要。

許多事的發生是要讓我們面對恐懼，這也是大家共有的課題之一：面對並接受自己的恐懼，與恐懼共處。

認知到恐懼不足懼，它只是缺了愛所產生的陰影。

當恐懼浮現，那往往就是覺醒的契機。當恐懼帶來混亂，越要保持心的平靜。我們若讓恐懼蠶食心靈，不但失去平靜，局面也不會好轉，因為混亂的心只會延續混亂的頻率，帶來更混亂的結果。

「沒有什麼比內心的平靜更重要」，這是混亂的真正訊息....

上帝對每個靈魂的愛都是無條件的。

在上帝眼裡，我們都是祂的子女，沒有膚色種族之分。

在這一世，我們都是地球住民，不必分哪國人，哪個省籍。

你、我、所有造物，都是息息相關。

地球是這個宇宙裡很特別的一所學校，它是感受與體驗情緒的場所。每個來到這裡的靈魂都很勇敢，因為除了感官的歡愉，這裡還有磨人的心痛。

在這裡的靈魂因為種種不同的原因受困，走不出一再輪迴的命運。

如果了解了人類生命的真相，如果弄懂了地球行星代表的意義與挑戰，人類應該就可以破解持續回到地球的宿命。

人類事實上是被自己的幻念（稱思想亦無不可）所困，這幻念如此沉重，沉重到貌似真實堅固，無法脫離。

雖然從源頭來看，這一切分離都是幻象，然而集體意識的力量使得這個幻象無比真實與堅固。幻象如此真實，又要如何醒來，如何切斷輪迴？

靈魂之所以一再地被吸引回這個星球多是因為執念，想重溫感官經驗或彌補悔恨。而一切美好和傷痛的經歷其實是靈魂為自己安排的角色扮演，太入戲的結果就是忘了自己真實的身份——我們不是肉體這樣簡單；我們是靈，我們真正的身份是光。

請記得，人類生命是靈魂透過具象的身體去體驗、感受和創造的旅程，既然來了，就用心去感受所有最深層的情緒；勇敢感受，不要怕痛，不要逃避，放輕鬆，儘情創造、享受和體會每個時刻。

認清來到這裡就是為了學習及體驗；體驗心靈深處喜怒哀樂種種情緒。感受後、了解後，全心接納。

不要有任何執著，就連執意圓滿的意圖也是一種執著。

體驗過後，就當放手；看清那些愛恨情仇都是為了體驗而創造出的情節。

不要有留戀，不要有不捨；不要有愧疚，不要有怨。

記得一切都是幻相，就連因果概念也是。

說到底，是要連因果業力的想法都放下，超越思想的束縛和制約；不執著於未完成的心願，不再牽掛沒做對的事，就是純粹地去體會和感受這趟人間旅程。

當憶起並領悟了這點，靈魂知道回到地球輪迴並非絕對的選項，而多數靈魂之所以選擇回來，是為了完成那未曾實現的心願和體驗那不曾經歷的，也為了在這如夢似真的三度幻境裡磨鍊靈魂的品質。

要不要回來，在於靈魂的意願（或執念），是靈魂決定了是否再以肉身形式回到地球學校學習和體驗。因此，回來與否，選擇權是在自己。

瞭解了這點，我們因此可以，也有能力不受幻象的束縛。認清這一切只是心靈和覺知的遊戲，看清是什麼罣礙牽絆了靈魂的遨翔，就有方法幫助自己超越幻象的阻礙，重獲自由。真相使人自由，而靈魂的意識也必須清醒到一直記得真相。

當然，如果在人類生命的過程中製造了所謂的「業力」，你的高我，你的神性，會自我要求去平衡這樣的經驗。（業力其實是一種物理現象。）

一般對業力因果常用還債的說法來比喻，然而較接近真相的說法不是還債，而是我們的靈魂**主動選擇**再次經驗人世之旅，為的是**平衡能量**，而平衡的方式往往就是親身去體驗曾製造的能量性質。這是我們為地球這間學校訂定的規則，透過體驗來學習和平衡，只是好多人都忘了。

所以，解脫人世輪迴的最大關鍵，就是全然放下，連想要圓滿的念頭都放下；連因果的概念都要超越。

因為說到底，連因果也是幻相，也是遊戲規則之一。（是的，當能毫不保留且毫無偏見地帶著愛感受並徹底放下，就可以選擇不必再來，我們也可以隨著頻率的提升，選擇不再在地球輪迴或是選擇在較高次元的星球體驗。）

只是，從「知道」到「做到」就是一段可瞬間可漫長的路途。

我們勇敢來到這裡，因為相信在創造和體驗的同時，我們也有力量克服人世的考驗。我們相信自己會善用自由意志。然而，不少靈魂來到這裡卻選擇了黑暗。他們忘了自己的身世。忘了自己是光。

在地球的許多靈魂一再經歷同樣的試煉，不幸地，都沒能克服因恐懼和貪婪所生的無知與偏見。這一次，在我們所感知的這一世，請選擇用不一樣的作為，來回應我們為自己設下的挑戰和誘惑。

這就是我們在此的原因之一，選擇用不同的態度，選擇用尊重和愛，來面對同樣的課題。

選擇善而非惡，選擇真誠而非虛偽，選擇正直而非鄉愿，選擇愛而非恨，選擇和平而非戰爭，選擇利他而非自私，選擇勇敢而非恐懼，選擇面對而非逃避，選擇表達而非沉默，選擇辨識而非盲從，選擇理解包容而非排斥對立，選擇自愛而非自貶，選擇自信而非自卑....。地球是二元屬性的代表星球，光與黑暗、善與惡、陰與陽，在這裡份外鮮明，而人類的盲目與貪婪(不論有意識無意識)，都會成為黑暗的養份。

這一次，務必要記得選擇不同以往的作法，讓那種種不光明和不良善，因缺乏養份而枯萎。

讓光照亮黑暗，這就是這代人類的使命。以光驅逐黑暗，地球的新紀元才會來臨。

當人類真的願意無所求地付出與行動時
地球才可能開創出一個嶄新世界
當我們能用同樣的標準看待喜歡和不喜歡的人事物
這才是真正的「一」
唯有不再存雙重標準，不再有虛假，才可能是一個整體
才可能「合一」

即使人類仍有許多需被提升的負面心性

我依然相信

這世界可以被改變

只要，每個人從自己做起

後記

這兩三年來看到新時代觀念在台灣被某些別有用心和不求甚解的人誤導與濫用，我就一直想把話說清楚。

自《靈療‧奇蹟‧光行者》出版後，有些個人和單位以光行者為名號，以靈性做包裝，卻昧著良心做人做事，我除了對這些言行不一的虛偽詭異氣憤外，更憂心初初接觸新時代領域的人們在探索靈性的路上會被誤導，對某些身心靈工作者讓利益薰心的小我操控靈魂的作法更是難過。

眼看身心靈工作在台灣已被貪婪虛偽的人當成了發財甚至斂財的工具，我除了感慨為什麼好好的東西到了台灣就會變調（有人曾說是因為台灣人的錢好騙），對於許多走在靈性探索路上的人，那麼容易受到矇騙，誤信「暗黑」為「光」，我也覺得不解。

先說說侵權的事。話說，在最初大陸讀者告知大陸某論壇貼出宇宙花園書籍的掃描檔時，我對喜歡閱讀這類書的人會做出不懂尊重又形同偷竊的行為感到訝異。

而這兩三年來，盜貼和侵權的事持續發生，宇宙花園好些書除了廣被對岸的愛好者在網路上非法上傳下載，也曾被台灣某身心靈媒合單位未告知便擅自作為高價商業活動的宣傳之用。我曾以為對心靈成長有興趣的人會比較懂尊重，但這幾

年的觀察和親身感受，我必須承認，我錯了。靈魂的力量是無限的，而這些虛假的人事也讓我看到，人性的卑劣亦是無可限量。

說到侵權，還有更離譜的例子。有某網站非法掃描製作電子書，甚至鼓勵網友提供掃瞄檔（這算叫唆犯罪吧！）卻大言不慚地自稱是在保存文化資產，因為他讓大家能看到絕版好書。「讓大家能看到絕版好書」，立意聽來良好，但事實真是如此嗎？

若真如其所言，他非法在網上公開讓人閱讀和下載的書籍就應該都是已無出版社擁有版權，或是已獲得著作人同意的絕版書。然而，其中卻不乏近年的暢銷書。侵權者說他是在為出版社「養成電子書讀者」，而且以「我沒有販售營利，不算盜版，不是侵權，我這是在做公益....」云云，為自己的侵權套上公益美名，這樣的強詞奪理乍聽之下來好似沒什麼大錯，然而，回歸到事情根本，一個不屬於你的東西，沒獲得同意，就擅自作為自己網站/部落格的內容，這就是不對。這跟擅闖別人家，任意拿走屋內物品有什麼差別？更何況公益是貢獻自己的財物，不是偷別人的東西為自己博美名，那叫偽善。(P.S.此站後來公開要求「讀友」捐款贊助，證明其目的還是在錢。狐狸終究會露出尾巴，悲哀的是，有不少是非不分的人在贊助這個以侵權獲取不義之財的網站。)更有甚者，有人廣蒐新時代書籍電子檔，架站供人下載和線上閱讀，諷刺的是，網頁上還不忘註明「版權」是歸那網站所有。

強盜搶別人東西時不知道什麼叫版權，搶了後立刻就有版權

概念了。實在荒謬到家。這般偏執與虛偽的心性，讀再多書都枉然。

說到這，我覺得新時代思想被誤用的「經典」，莫過於「一」的概念。有人甚至還曾以「一切都是神給的」，沒有版權這回事來為侵權辯解。可笑復可悲。

我鼓勵這些基本邏輯錯亂的人自己創作；你的東西，你有權作主，如何使用是你個人的權利。然而，問都不問就把別人的創作或出版品做成電子檔在網路讓人下載轉貼，這就是侵權，就是違法。還胡扯什麼「一」，什麼「大家都是一體」。「一體」和「分享」的精神，真的不是這樣用的。最基本的是非都分不清，還綁架神的名號來硬拗，離譜至極。

總之，在層出不窮的網路盜版事件和與侵權者溝通的過程中，我的情緒由訝異、生氣、沮喪，轉為對人性的極度失望灰心。

我真的很難相信，居然有那麼多對心靈書有興趣的人以「分享」作侵權藉口，在網路非法散播「熱心人士」所掃描的檔案，除了在心態上完全不以為意外，他們還有霸凌式的蠻橫態度，當被要求尊重版權時，硬是要別人接受他們錯亂的「分享」邏輯，好似他們說的是至高真理，而要求基本「尊重」和「將心比心」的人，就是「不懂愛」、「不懂分享」、「不懂一」、「不懂寬恕」。我覺得這樣的邏輯十分荒謬，嚴重歪曲 New Age 精神。

如果有人以為我只是在談盜版侵權就錯了。看身心靈書還支持盜版，這現象反映的，事實上是低階人性；我說的是需要被提升的人性。

或許有人會問，這些轉貼下載連結的人沒有銷售行為，那他們要的是什麼？

有些網站是透過瀏覽者點選廣告賺錢，有的則是因為從事身心靈療癒工作需要相關內容。

有些主題網站/論壇的架設，為的是蒐集會員資料，做為商業活動的廣告名單並建立自己成為這類主題的共主形象。網站最重要與需要的就是內容，但架設/成立者往往不是內容製造者，如果不是真心想進行思想和觀念的討論，或架站者真正動機其實是為自己背後的商業目的，是很難帶動會員的思想交流，也因此，網站或論壇往往只成為會員轉貼文章甚至盜版電子書的集散地。而不肖的網站管理者根本不在意也不會去管制和刪除這些侵權文章和非法連結，因為他們正是靠出版社的新時代類出版品主題或內容來辦活動和課程得利。

對於侵權這種不公義的事，他們不會制止，因為透過關鍵字和私下的傳播，反而能吸引和導引更多人來到網站或論壇，他們因此可蒐集到更多會員email資料，有助他們的商品銷售、收費活動和課程宣傳，還有代發廣告信件的收益。

出版品被侵權與他們的利益無關，偽光行者只在意自己的利

益。某些以身心靈和外星主題成立架設的網站/論壇事實上是在這種商業思考下成形，所以主事者並不會將心比心地去主動刪除或教育論壇會員尊重人和尊重版權的觀念。

也有些人之所以盜貼書籍掃描檔在自己的部落格/微博，要的是一種參與和存在感，圖的是網友的一句「感謝分享」（透過別人不分是非的感謝，他們獲得一種錯誤的成就感和自我良好感受）。或許就某層面而言，他們認為是在「自我實現」，在我看來，欺騙自己罷了。

我可以理解，也能體諒非法下載這種貪小便宜的人性，所以只要盜貼者在被告知後表現善意，撤下就好。我不解的是，被提醒後還能厚顏強詞奪理。有人以為我是因銷售的受損生氣，孰不知，我若在意金錢，就不會為了出版對得起自己和讀者的書，完全不計時間成本的付出，我若在意那些小利，這些年也不會主動捐書給圖書館。

我相信教育的力量，不論是家庭、學校，還是社會教育，任何一個環節都跟人的素質養成有關。一個混亂的社會絕對跟失敗的教育脫不了關係。

我相信知識的力量，要縮短地球上的國家貧富差距和提升所有人類的生活品質，要打破資訊壟斷，就必須確保每個國家的孩子們都能夠上學受教育。這是我為什麼很支持資助兒童

計劃活動。因為只要每個月省 700 到 1000 元，每天省 25 元，一杯飲料的錢不到，我們就能讓身在地球角落的某個貧困孩子過得不那麼辛苦，可以得到受教育的機會，他們的命運就不致在貧窮與無知識中惡性循環。他們因此有能力和工具為他們的家庭與國家創造一個比較文明和自由的未來。

其實不要說第三世界國家了，就在我們生活的周遭，每天都有那麼多悲劇發生，這世上有那麼多人需要幫助，能夠有能力為這個社會付出是幸福的。

如果那些曾經非法下載宇宙花園出版品的讀者，願意在行有餘力之時，為周遭的人或這世界盡一份善心，這會是非常非常棒的一件事。只要一點點錢，每個人就能幫助一個孩子，改變他/她的一生。想像一下，大家加在一起可以產生多大的正面力量和善的循環。當每個孩子都能得到關愛、照顧與教育，這個世界就會變得更好，而這也正是來到這裡的靈魂最初的意圖，不是嗎？

說再多的光與愛，都比不上幫助需要幫助的人來得實際。

真正的服務與付出並不是為了獲得，而是因為這麼做自己開心。

話再說回來，台灣某中心的疑似故意侵權事發生後，(之所以說疑似故意，是我早已通知對方不要再使用宇宙花園的任何出版品在其相關網站，對方卻用連結方式取巧地把宇宙花園某出版品內容文字當做其高價認證課程的說明式廣告內容，廣發電子宣傳信。)對於此事，主事者多次置之不理，一再推托和胡扯。此人嘴說心靈卻謊話連篇，真的令我開了眼界。無心之過我不會在意，但至今毫無歉意，除扭曲白紙黑字的事實外，甚至製造不實言論，孰可忍孰不可忍。為了人世間的一些小名小利捨棄良心與誠實，還自稱光行者，這是我非常不齒的。(所以說來，偽光行者的存在也是促使本書產生的原因之一了。)

我向來自閉，默默做自己喜歡和想做的事，但這不表示我對不合理不正義的事情就會自認倒楣或無奈接受。

宇宙花園不是一般出版社，模式也與其他出版社不同。我純粹出自己喜歡的書，也希望這些書能夠為讀者帶來心靈的撫慰和視野的擴展。我從不刻意建立和經營關係，鄉愿的人際互動不是我的考量，也不是我的個性。我憑良心做人做事，不會因為害怕得罪某些身心靈業者/中心或自認擁有資源，想藉靈性活動大撈一票的偽君子，就不說真話或裝聾作啞。

我不是身心靈圈的人，對加入或屬於任何團體沒有興趣。我只是追隨自己的心，將那些打動我，並與我內心想法呼應的書籍介紹給大家。宇宙花園若能透過傳播正面且確實的訊息帶給讀者心靈撫慰與啟發，對我，這就是最重要的意義，也是很大的回饋。

我會繼續做想做的事，說該說的話，也奉勸那些別有用心的偽光行者和偽心靈老師，不要假光之名散播「雜草」，請勇敢面對靈魂的挑戰，打破追逐名利光環的習性，選擇誠實與正直，不要再愚弄自己和無知的盲從者，不要一直在地球打轉了。

以上，就是我這兩年多來的心境，我從旁觀察一些現象的感慨，還有因事件而被動與身心靈圈人士接觸的感受。

希望這些有感而發，可以使對靈性追尋有興趣，對生命真相好奇的人，少走些冤枉路，少浪費許多金錢與時間，也少許多對人性的失望與破滅。

說真話需要勇氣，但人類面對真相更需要勇氣。

人生，其實沒有什麼非完成不可的大事。
生命，對我們也沒有什麼偉大要求。
它只希望我們能誠實面對自己和他人，如此而已……
但當大多數人類都能做到這點時，
這個地球，就是一個新世界了。

宇宙花園 13
別鬧了，地球人

作者：Gardener（園丁）

出版者：宇宙花園

e-mail：gardener@cosmicgarden.com.tw

網址：www.cosmicgarden.com.tw

通訊地址：北市安和路1段11號4樓

封面設計：詹采妮

圖片：istockphoto

總經銷：聯合發行股份有限公司

電話：(02)2917-8022　　傳真：(02)2915-6275

印刷：金東印刷事業有限公司

初版：2011年10月　　定價：NT$ 320元

ISBN：978-986-86018-3-3

Copyright © 2011 by Cosmic Garden Publishing Co., Ltd.

All rights reserved .

國家圖書館出版品預行編目資料

別鬧了, 地球人/Gardener（園丁）作.
初版 ---臺北市：宇宙花園，2011.04
面；　公分. ---（宇宙花園；13）
ISBN　978-986-86018-3-3（平裝）
855　　　　　　　　　100005079